Kerstin Ekman
Der Ruf des Raben

Kerstin Ekman

Der Ruf des Raben

Roman

Aus dem Schwedischen von
Hedwig M. Binder

Piper
München Zürich

Die Originalausgabe erschien 2002 unter dem Titel »Urminnes tecken« im Albert Bonniers Förlag, Stockholm

Von Kerstin Ekman liegen bei Piper außerdem vor:
»Am schwarzen Wasser«
»Das Engelhaus«
»Die Totenglocke«
»Geschehnisse am Wasser«
»Hexenringe«
»Mittsommerdunkel«
»Skord von Skuleskogan«
»Springquelle«
»Stadt aus Licht«
»Winter der Lügen«
»Zum Leben erweckt«

ISBN 3-492-04388-7

Gesetzt aus der Palatino
Satz: Uhl+Massopust, Aalen
Druck und Bindung: Pustet, Regensburg
Printed in Germany

www.piper.de

Für Börje

Ulva und Binnen kommen in den Bergwald. Die Weißgekleideten vergessen ein Ei in der Wolfshöhle. Einer ohne Namen kommt aus dem Fjäll herab und erfährt vieles über die Welt, ehe sie untergeht.

Eine Wölfin kam vom Süden her über die Kahlschläge des Brandbergs. Eines Nachts im Mai lief sie über das Eis auf dem Svartvattnet. Sie hatte Glück. Der Nieselregen, der sie über die Moore begleitet hatte, verdichtete sich nach Mitternacht. Bald schon schüttete es über dem großen Bergsee. Keiner hatte sie gesehen, und das Wasser löschte ihre Spur aus.

Als es zu tagen begann, hörte der Regen auf. Da war sie bis zu dem See gelangt, der da Kroken heißt, stand unter einer dichten Rottanne und horchte. Viel Wasser war jetzt in der Erde. Es sang und säuselte. Das Wasser im Bach bewegte sich unter Eisbrücken, die nicht nachgeben wollten. Das Moor schwoll unaufhörlich an.

Das hier war ein Auerhuhnwald, doch war kein Mucks zu hören. Auch die Birkhühner rührten sich kaum. Sie froren und schmiegten sich ganz dicht an den Tannenstämmen zusammen. Obwohl keines einen Ton von sich gab und sich auf dem sulzigen Schnee im Moor keine Spuren abzeichneten, wußten viele, daß sie gekommen war. Sie stand mit halbgeschlossenen Augen da und nahm mit bewegtem Nasenspiegel Wittrung. Die Ohren bewegten sich mit. Im Dunkel der Tannen wurden noch andere Ohren aufgestellt. Nasenflügel weiteten sich, um einen Hauch des strengen und fremden Geruchs aufzufangen.

Und die anderen?

Ja, natürlich merkten sie, daß irgend etwas geschehen würde. Große Dinge, die sogleich zu Geschichten werden konnten. Wenn sie nur nicht so durch und durch naß und so nichts Halbes und nichts Ganzes gewesen wären, wie sie derzeit waren. Kaum sichtbar.

Als das Licht zunahm, streifte die Wölfin bergwärts. Die anderen ahnten, daß sie nicht verschwinden würde. Denn dort oben begann der Birkenwaldgürtel mit kahlem Gezweig und Geäst. Da saßen die Birkhühner wie schwarze Früchte in den Bäumen. Nach dem Birkenwald kam nur noch kahle Fjällheide.

Das Fjäll heißt Giela. An seinen Hängen balzen Auer-, Birk- und Haselhähne. Der Birkhahn kollert, der Auerhahn knappt und wetzt. Wenn sie sich verneigen, rauschen ihre Flügel und aufgefächerten weißen Schwanzkrausen. Vor langer Zeit gab es hier oben Leute, die all das Vin nannten. Es gibt noch immer Leute dort, und sie legen Vogelschlingen und nennen ihre Fallen Giele.

Für die Wölfin, die mitten an diesem hellichten, doch bedeckten Maitag unter die Rottanne zurückgekehrt war, war das Geräusch der Vögel ein Fraßrauschen. Geknapp und Geraschel am Rand des Moores füllten das Maul. Sie speichelte.

Und es war höchste Zeit jetzt. Sie war trächtig. Ihr Bauch hing durch, und das Gesäuge hatte sich schon entwickelt. Sie trabte im Bergwald umher, steckte die Nase in jedes Loch. An einer Stelle scharrte sie. Scharfer Dunst umgab sie und große Unruhe. Viele kümmerten sich jedoch auch um ihre eigenen Angelegenheiten. Der Rauhfußkauz rief ganze Nächte hindurch. Als die Wölfin, den breiten Kopf gesenkt, still im Moor stand, verschwamm ihr Fell mit dem braungelben Vorjahresried, das in der Wärme der Maitage jetzt hervortaute.

Eines Abends scharrte sie wieder an jener Stelle, die ausgesehen hatte wie ein runder Hügel. Doch als tagsüber der Schnee sank und abfloß und nachts zu einer Eiskruste gefror, sah man, daß es Steinblöcke unterm Moos waren. Dort grub sie sich mit ihren langklauigen Pranken ein. Dieser oder jener mußte beiseite rücken. Sie lag nun jede Nacht für ein paar Stunden dort.

Es waren graue Nächte, durchdrungen von Geräuschen aus Bächen und Kehlen. Eines Abends lief sie umher und hechelte. Ihr Blick ruhte auf nichts. Braungelb. Sie stand gekrümmt. Ließ den Schwanz hängen. Gegen Morgen duckte sie sich und kroch in ihre Höhle. Jetzt würde sie werfen.

Die anderen verstanden die Zeichen. Es war, als hätten sie diese gewaltig großen Vorgänge, dieses Scharren und Jagen, dieses Laufen unter gequältem Hecheln und jetzt das Werfen da drinnen, ein wenig wacher gemacht.

Es waren nicht so schrecklich viele. Diejenigen, die sich bis in den Bergwald heraufbegeben hatten, waren wohl die letzten, kann man sagen. Meist waren sie bloß wie Nebelfetzen. Wie ein Säuseln und Nässe.

Um so ein Jungewerfen herum gibt es viel Tod. Das kannten sie. Die Wölfin mußte ja etwas haben, damit ihr die gelbe Milch ins Gesäuge einschoß.

Es waren Vorgänge, die Raben anzogen. Der Fuchs war zur Stelle und rackerte sich ab. Auch in der Höhle gab es Tod. Die Wölfin trug mehrmals etwas heraus. Diejenigen, die überlebten, waren guter Dinge. Als sie herauskamen, schnappten sie nach Butterrosen.

Gleich nachdem die Butterrosen verwelkt waren, kamen Leute und gingen am See entlang. Da machte sie sich auf den Weg mit den zweien, die noch immer miteinander spielten. Sie schlugen mit den Pfoten nach einander.

Es gibt Menschen. Und dann gibt es Tiere. Füchse und Bären, Birkhühner und Schneehühner und Haselhühner. Den Auerhahn! Und den Raben. Den Vielfraß und den Biber. Und Renkühe und Renhirsche und Kälber. Die weißen Rene sind manchmal blind. Oder auf einem Ohr taub. Und natürlich gibt es Elche. Und Hermeline und Marder und Mauswiesel. Keine Schlangen. Die gibt es nicht. Aber Nager: Wühlmäuse und Mäuse und Lemminge. Und all die kleinen Vögel und all das Geziefer. Vor allem Kriebelmücken. Auch Stechmücken und Bremsen und Blinsen. An klaren Tagen segelt ein Adler über allem.

Und dann gibt es die anderen. Keine Menschen, keine Tiere.

Doch die sieht eine Wölfin nicht unbedingt. Ulva. So nannten sie sie, lange nachdem sie mit den Welpen, die an allem kratzten und bissen, verschwunden war.

Sie hatten dieses Wort von zwei Kerlen gehört, die durch ihren Wald gingen. Die beiden stocherten lange in etwas herum. Und zwar in den Überbleibseln eines derer, die die Wölfin aus der Höhle getragen hatte. Ein wenig Fell. Ein breiter Schädel. Ein Hund, sagten sie. Oder ein Wolf. Ulva? Sie standen lange da. Ulva sagten sie mehrmals.

Die anderen dachten, Ulva werde zurückkommen. Doch die Zeit ging dahin. Nicht, daß sie nun Füße gehabt hätte. Sie tropfte und rann eher. Dann fror sie fest und wurde zu einem Stab in der Erde.

Da traf ein Bär ein. Das war im Herbst. An diesem Tag stand ein Vogelbeerbaum still in der Kälte und warf alle seine Blätter ab. Stunde um Stunde. Es knisperte nur ein wenig. Unter ihm breitete sich eine gelbe Fransendecke aus. Und dann kam dieser Bär und tappte durch das Laub.

Binnen, flüsterten sie. Ein Weibchen also. Ein mächtiger Buckel. Und dann schiß sie auch blauschwarz. Sie hatte sich den Leib mit Blaubeeren und Blaubeerblättern vollgeschlagen, um fett zu werden. Nun wollte sie schlafen.

Wie sie da umhertrottete und in alles ihre Schnauze steckte und schnupperte, stieß sie natürlich auch auf die Höhle. Sie scharrte. Langte ordentlich hin, sie hatte kräftige Klauen. Moos stob auf. Sie schleppte auch Laub heran. Der Vogelbeerbaum, der sich soeben entkleidet hatte, bot sich förmlich an. Binnen zerrte und zerrte mit ihren Pranken. Manchmal lag sie eine Weile in der Höhle. Die schien eng zu sein. Binnen ächzte.

Was würde das geben, wenn Ulva zurückkäme? Denn das, dachten die anderen, werde sie tun. Vielleicht in der Schneeschmelze, wenn sie wieder werfen sollte. Dann schliefe Binnen wohl. Und sie wäre sicherlich nicht erbaut, wenn sie vorzeitig geweckt würde.

Dann gäbe es Krieg.

Dieses Wort erfordert eine Erklärung. Es ging dort unter den Tannen um. Es wurde oftmals mit gellen Stimmen ausgesprochen. Eine Menge Männer war nämlich über den Schnee gekommen. Sie waren weiß gekleidet, trugen auch weiße Kapuzen. Und sie schossen.

Sie stellten große Zelte auf, und in den Zelten heizten sie Öfen ein. Sie hatten keine Ahnung, worauf sie dabei unversehens traten oder was sie mit ihren Zeltböden und all den Tannenreisern, die sie darauf legten, niederdrückten. Oder was ihnen in die Quere kam. So verstauchten sie sich denn auch die Füße und zerbrachen ihre Skier.

Sie traten vor das Zelt und schleuderten den heißen Satz aus dem Kaffeekessel. Einfach so nach draußen, und ohne zu sagen:

»Hüt dich!«

Oder: Rück mal! Auch wenn sie ganz deutlich gehört hatten, daß es an der Stelle, wo sie sich glaubten hinsetzen zu müssen, geknarrt hatte.

Und wenn es ihnen noch so sehr in die Gesichter schwelte und rauchte, sie mußten dort Feuer machen, wo sie es von Anfang an vorgehabt hatten. Anstatt ein Stück weiterzuziehen. Kein Wunder, daß es die Kimmen ihrer Gewehre verzog und sie sich Löcher in die Hosen schnitten. Da sagten sie, sie hätten Pech gehabt. Doch das allein war es wohl nicht.

Denn hier oben gab es ja diejenigen, die sich zurückgezogen hatten. Sie waren weit den Bergwald hinaufgewandert. Lediglich einer der Männer sah sie. Oder ahnte zumindest, wie die Dinge lagen, als er mit gebrochenem Schienbein im Schnee lag und höllische Schmerzen hatte. Er war ein Bauernjunge aus Kloven, und er hatte so manches gehört. Obwohl man sie mit knapper Not sah, waren sie nicht ungefährlich, und sie wollten in Frieden gelassen werden.

Im übrigen hatten sie Hundeaugen.

Sie waren bis ganz nach oben an den Rand des Bergwalds gezogen, und er war ihnen nun im Birkenwald gleich unterhalb Gielas in die Hände gefallen, wo vereinzelt Rottannen standen, die zwei-, drei- oder vierhundert Jahre alt waren. Freilich zählte hier oben niemand die Jahrhunderte, am allerwenigsten die Hundeäugigen.

Früher waren sie auf Trab gewesen. Bis in die Dörfer hinunter. Jetzt waren sie fast ein Nichts. Sie hausten unter dem Wurzelwerk umgestürzter Bäume und an Stämmen voller Flechten und Moos. Vor allem, wenn diese zum Berg hin gefallen waren. Dort bauten sie sich Höhlen und polsterten sie mit allem aus, was weich war: mit

Scheidigem Wollgras und Renhaaren und Daunen von Schneehuhnbrüsten. Es war schwierig, sie zu Gesicht zu bekommen. Man konnte meinen, es regten sich lediglich Nebelbäuschchen dort auf dem Moor. Obwohl es windstill war.

Die Männer schossen, und einer warf eine Handgranate, die wie ein grünes Ei aussah. Sie flog in die Höhle, ohne loszugehen. Dort lag sie auch noch, als sie abfuhren. Denn ebenso schnell, wie sie gekommen waren, fiel es ihnen ein, wieder zu verschwinden.

Es schneite auf den Ruß und auf die Pißflecken, schneite und schneite. Doch nicht gerade Vergessen. Es war zu viel geschehen, als daß man es hätte vergessen können. Zuerst war die Wölfin gekommen, dann das Bärenweibchen und schließlich die Männer. Über all das wurde viel gesprochen. Darüber, daß Ulva zurückkommen und neue, starke Junge gebären werde. Andere wiederum sagten, daß Binnen es sei, die kommen werde. Sie hatte natürlich das Weite gesucht, als die Männer kamen. Doch sie würde wiederkehren, und dann hätte sie neue Kräfte gesammelt, sagten sie. Es sei jetzt viel Fett und Kraft unter der Bärenhaut. Da müßten sich so einige in acht nehmen. Da müßten sie den Schwanz einziehen und den Rückzug antreten.

Falls sie nicht zuerst zubissen, ja.

Dann gäbe es Krieg. Denn Binnen habe Kräfte gesammelt.

Ulva sei bis an die Zähne bewaffnet, sagte das Wolfsvolk.

Sie waren jetzt kriegslüstern. Nicht mehr bauschig und naß wie früher. Nein, sie kamen sich vor, als hätten sie lange Krallen und im Maul scharfe Zähne. Krieg sollte es geben.

Binnens Leute wurden ein Bärenvolk, und Ulvas Leute sagten, sie seien ein Wolfsvolk. Unterschiedlich wie Tag und Nacht. Wie Sonne und Mond. Stein und Wasser.

Denn nun gäbe es ein Reißen und Beißen und Zerren. Es waren viele Worte gemacht worden im Wald.

Einer von ihnen lebte ganz allein, und er wußte nicht einmal, daß er einen Namen hatte. Er wußte nicht, woher er kam, und schätzte, daß ein Rabe ihn habe fallen lassen. Manchmal versuchte er sich selbst im Wasser zu sehen. Doch die Luft war dort, wo er sich aufhielt, fast immer unruhig, so daß alle Spiegelbilder zerfielen. Den einzigen Wald, den er gesehen hatte, war der krumme. Er bestand aus kleingewachsenen Birken mit schwarz gewordenen Stämmen, die die rauhen Winde des Fjälls verdreht hatten. Im Winter sah er im Schnee meist Spuren von Schneehühnern. Sie führten um die Birken herum, und die Samen, die rings um die Stämme verstreut waren, verrieten, was die Hühner dort getrieben hatten. An manchen Stellen hatten Schwungfedern einen Ritz im Schnee hinterlassen, und dort endeten die Spuren. Das brachte ihn zu der Vermutung, die einzige Möglichkeit, aus dem Fjäll und dem krummen Wald fortzukommen, sei zu fliegen, und das konnte er nicht.

Doch daß es noch etwas anderes gab als den Ort,

an dem er selbst lebte, davon war er überzeugt. Dies hier war natürlich die Welt. Aber es mußte auch noch eine andere Welt geben. Es war schwierig, sie sich vorzustellen. Was immer er vor seinem inneren Auge zu sehen versuchte, so sah er krumme, schwarzschorfige Birken.

Es war während einer langen Schlechtwetterperiode mit Sturm und strenger Kälte, als er schließlich vom Fjäll herabkam. Doch das merkte er überhaupt nicht. Die Mäuse fanden kaum mehr Birkensamen. Die sternförmigen Nüßchen der Riedgräser gingen ihnen ebenfalls aus, als sie nur noch still unter dem Harsch verharren konnten. Der Sturm heulte aus Stalos Höhle und fegte mit seinen Böen allen Lockerschnee mit sich, der im gleißenden Sonnenlicht blitzte. Die Welt war gefährlich geworden, und wagte er es dann und wann, den Kopf herauszustrecken, sah er nur Wogen starren Schnees. Es herrschte eine grimmige Kälte. Die Birkenzeisige konnten schließlich die Scheitel ihrer Artgenossen nicht mehr sehen, obwohl sie zuvor in den Schneeböen wie Blutflecken geleuchtet hatten. Sie tschäck-tschäcktschäckten, fielen jedoch am Ende wie Steine in den Schnee.

Er seinerseits trieb sich in den Gängen unter all den Schichten aus Harsch und Lockerschnee herum. Als es nichts mehr zu fressen gab, gruben sich Wühlmäuse und Mäuse und Lemminge immer weiter fort und hinaus. Sie stießen auf andere Gänge und witterten fremde Gerüche. Manchmal fauchte es dort unten bei unerwarteten und beängstigenden Begegnungen.

Eines Tages stieg er in ein Loch bei einer Birkenwurzel hinauf, und da sah er doch tatsächlich etwas, was er noch nie gesehen hatte. Schwarze Türme mit groben Fransen. Sie verjüngten sich nach oben und trugen schwere Schneemassen auf ihren aufgerissenen Seiten. Sie hatten etwas Ernstes an sich. Als am Morgen das Licht zunahm und er auf den Harsch hinausgetappt war, sah er, daß sie lauter Nadeln hatten und daß diese Nadeln dunkelgrün waren, nicht schwarz, wie es ihm anfänglich erschienen war. Und ein gewisses Augenfunkeln und einiges Geraschel verrieten ihm, daß darin Lebewesen hausten.

War das die andere Welt? Dessen konnte er sich natürlich nicht sicher sein. Und weshalb sollte sie gerade so aussehen?

Es gab viel zu schauen, viele Lebewesen, die sich regten, und reichlich Nahrung tauchten auf, als die Kälte allmählich wich und der Schnee wegschmolz. Der ohne Namen blieb für sich allein. Erst als es im Wald nach Frühling zu riechen begann und die Sonne die Steine glühte, so daß man darauf warm und dank ihres Moosbesatzes weich lag, erlahmte seine Wachsamkeit. Und da wurde er umzingelt. Just als er dalag und an einer dunkelroten, durchsichtigen Winterpreiselbeere sog.

»Bist du Wolf oder Bär?« zischelte es.

Er wußte natürlich nicht, was er antworten sollte. Wolf oder Bär? Die Worte pfiffen und sprutzten um ihn herum. Es klang wie Wasser auf heißen Steinen. Die Fragenden sahen ungefähr so aus wie er, fand er. Allerdings waren sie böse.

Er war nicht dumm. Er begriff schnell, daß sie

auf alles Bärenartige böse waren. Als sie also immer und immer wieder fragten, ob er Wolf oder Bär sei, und ihn mit einem Stöckchen in den Rücken piekten und drohten, es werde ihm übel ergehen, wenn er nicht damit herausrücke, was er für einer sei, da sagte er:

»Ja, nein, ein Bär bin ich nicht.«

Das stimmte ja, und sie schienen es außerdem eilig zu haben, also gaben sie sich mit der Antwort zufrieden. Sicherheitshalber nahmen sie ihn jedoch mit. Aus all ihrem Gerede schnappte er auf, daß die Türme Tannen hießen, daß ihr Anführer Spitjetettan hieß und daß Krieg war.

Sie zogen nun alle zu ein paar großen Steinblöcken, die, wie sie sagten, Ulvas Höhle hießen. Er wußte natürlich nicht, wer Ulva war, hielt es jedoch für das klügste, nicht zu fragen. Sie werde zurückkommen, sagten sie. Dann werde es einen gewaltigen Kampf geben mit einer, die sie Binnen nannten. Ihre Mäuler würden geifern und ihre Krallen tiefe Wunden reißen. Er wußte nicht, was er davon halten sollte, schwieg aber.

Als sie in die Nähe der Höhle unter den Steinblöcken kamen, sagten sie, sie würden sie besetzen. Da hörte man es dort drinnen jedoch zischen, und dann folgten gelle Schreie wie von Lemmingen. Offensichtlich war das Bärenvolk bereits zur Stelle, und diejenigen, die sich Wolfsvolk nannten, sahen, wie er fand, dumm und verbittert drein, als ihnen das klar wurde. Einer, er hieß Brinn, sagte, sie sollten sich zurückziehen und neue Pläne schmieden.

Sie stiegen nun in eine Höhle unter einer großen,

mehrstämmigen Moorbirke hinab, und Brinn schubste ihn vor sich her, so daß er nicht abhauen konnte, wie er es sich gedacht hatte. Er landete neben einem namens Njork. Ihn beschlich das Gefühl, daß auch der die anderen nicht so gut kannte.

»Jetzt sprich, Njork«, sagte Brinn. »Wir wollen hören, was du meinst.«

Es hörte sich fast drohend an.

»Sollen wir sie aushungern, oder sollen wir stürmen?«

Njork sah sich besorgt um.

»Sind wir nicht zu wenige?« fragte er.

»Da draußen sind noch viel mehr von uns.«

»Sprich jetzt«, sagten noch etliche andere. Da kam Njork nicht umhin, irgend etwas vorzubringen.

»Können wir sie nicht rausbeschwören?« fragte er.

Sichtlich wußte keiner genau, was das war. Er, der aus dem Fjäll herabgekommen war, kam sich dumm vor. Er hielt es für das beste, keine Fragen zu stellen, denn sonst glaubte Njork noch, dort oben gebe es weder Worte noch Erinnerung. Njork sagte nun, er könne ihnen nicht gut erzählen, wie es vor sich gehe, Böses auf jemanden herabzubeschwören. Die Worte, die man dazu benutze, seien gefährlich. Damit könne man nicht einfach so um sich werfen. Trotzdem warteten alle darauf, daß er sie aussprach.

»Beschwöre schon«, sagten sie, und nun war aus ihren Stimmen Hohn herauszuhören. »Wir wollen hören, wie das geht.«

»Ich kann die fraglichen Worte hier drinnen

nicht aussprechen. Sie sind zu stark und könnten uns vernichten.«

»Das sind vielleicht merkwürdige Worte, die ihr da jenseits des Rukammens habt«, sagte Brinn. Nun gab es keinen Zweifel mehr daran, daß er höhnisch klang. Und was war Rukammen? Gab es jenseits dieser Welt denn noch eine? Da geschah etwas Unerwartetes. Worte sprangen aus einem heraus. Wie junge Laubfrösche. Ganz von selbst.

»Warum sollen wir sie raustreiben?« sagte der, der aus dem Fjäll gekommen war. »Was haben wir denn mit *denen* zu schaffen?«

»Mit *denen* zu schaffen?« echoten die anderen, so als verstünden sie seine Sprache nicht. Er fühlte sich sehr allein. Zudem saß er im Getröpfel. Schmelzwasser rann ihm von den Birkenwurzeln in den Nacken und das Rückgrat hinunter. Er saß in einer Pfütze und wagte sich nicht zu bewegen, während ihn alle aus harten Augen anstarrten. Da kam ihm völlig unverhofft Njork zu Hilfe.

»Ja, was haben wir mit *denen* zu schaffen«, sagte er. »Was haben wir mit dem Bärenvolk zu schaffen? Wir nennen uns natürlich Wolfsvolk.«

Wir, das sagte er wohl aus Listigkeit. Hier unter der Birkenwurzel gab es viel zu lernen. Und Njork fuhr fort:

»Aber ich bin nicht mehr Wolf als du, Spitjetettan.«

Er wandte sich an den höchsten von ihnen, einen Spitznasigen.

»Was bist du dann für einer?« fragte Spitjetettan mit seiner giftigen Stimme.

»Nun, ich bin wohl ungefähr so einer wie du,

meinen Namen aber habe ich von einer Krähe«, sagte Njork. »Die klang so – njork-njork! Die Leute nannten sie so, und sie wurde ziemlich alt.«

»Nun, du hast ja da unten gelebt«, sagte Brinn. »Unter Krähen und Menschen.«

»Und Ratten«, sagte Spitjetettan.

»Ich hielt es für unnötig, daß eine Krähe einen eigenen Namen hatte. Als sie also endlich starb, habe ich ihn übernommen. Und ich bin damit zufrieden. Du, Spitjetettan, heißt doch auch nach einem Vogel, ist mir klar geworden. Einer gewöhnlichen Kohlmeise. Und Rötjukksa hat seinen Namen von einem Nordlandhäher, so einem, den man Unglückshäher nennt. Brinn, du heißt Elch.«

»So heiße ich nicht«, sagte Brinn.

Njork beharrte jedoch darauf, daß Brinn Elch heiße, wenn das auch schon alt sei.

»Daß Gaupa nach einem Luchs heißt, das brauche ich euch nicht zu erzählen. Und Skrågg, das heißt Wolf, das wissen wir. Aber du, Bjenn…«

Da fingen in dem Bau alle zu schreien an. Denn sie wußten ja, daß man statt Bär ebensogut Bjenn oder Biesse sagen konnte. Der namens Bjenn stahl sich hinaus und ward von keinem mehr gesehen.

»Krieg gibt es zwischen dem Wolfsvolk und dem Bärenvolk schon seit Urgedenken! Also beschwöre schon«, sagte Spitjetettan mit seiner schrillen Stimme.

Da wurde es mit einem Mal still.

»Zeig, was du kannst. Beschwöre sie aus Ulvas Höhle raus.«

Man hörte, daß es jetzt ernst war, und Njork stellte sich sogleich in die Mitte. Sie konnten sehen, daß er all seine Kräfte zusammennahm. Wie wunderlich, dachte der, der aus dem krummen Wald herabgekommen war. Sowie man auf andere trifft, gerät man unter deren Willen. Er dachte einige Augenblicke lang an das sommerliche Fjäll. An den Schatten eines Vogels, der sich über die Heide bewegte. So ist mein Wille geflogen, dachte er. Jetzt wagt er sich nicht zu rühren. Er hockt in der Höhle und lauscht wunderlichen Worten.

Njork trug die Worte vor, und seine Stimme war jetzt ebenso gell wie Spitjetettans, und die Worte schallten:

Nagelpfote, Messerzahn,
Eisenzotte, reißt!
Glutauge, brenn!
Schwarzblut, ertränk!
Versehr die Schnauze.
Stich das Auge.
Spreng das Herz.
Krikk
krikk
krikk!
Nö-ö-ö-ölhke!!!

Das letzte Wort hielt er derart lange, daß es in ein hohes und schneidendes Geheul überging, und als er endlich den Mund zumachte, war es lange Zeit völlig still. Hinterher sollte dies in der Erinnerung derer, die übrigblieben, der Augenblick gewesen sein, da es auf der ganzen Welt still war.

Es pfiff, und ein kräftiger Körper aus Luft erfüllte die Höhle und drängte alle gegen das Netzwerk der Birkenwurzelwände. Dann war nichts mehr zu spüren, und es war auch unmöglich, etwas zu hören. Die Ohren, ja, der ganze Kopf schien mit Scheidigem Wollgras ausgestopft. Da krachte der Wald zusammen und das Fjäll barst.

Nach dem Knall: Ein paar sind übriggeblieben, dazu einige Erinnerungen. Er, der aus dem Fjäll herabgekommen ist, erhält einen Namen und gibt jemand anderem einen. Die beiden haben viel einem Stück Rinde zu verdanken.

Irgendwann geht die Welt unter. Zumindest für diejenigen, die nicht übrigbleiben. Die anderen dürfen von vorn anfangen.

Wenn noch ein wenig Erinnerung vorhanden ist, gibt es etwas, womit man anfangen kann. Er, der aus dem Fjäll herabgekommen war, sah Tannen und wußte, daß es Tannen waren. Er sah gewaltige Birken, von deren Zweigen schwarze Flechten hingen. In der Ferne glänzte Wasser. Daß die Welt untergegangen war, davon war er völlig überzeugt, und er glaubte, die jetzige sei neu und sehe nur ungefähr genauso aus wie die alte.

Ganz allmählich regte sich auch etwas, Geraschel und Geknisper. Ein Unglückshäher strich um den Stamm einer Tanne. Der aus dem Fjäll saß auf einem Baumstumpf, mitten auf der morschesten Stelle. Sobald er sich bewegte, zerbröselte das gelbrote Holz. Auf diese Weise geriet er immer weiter ins Innere des Stumpfes.

Auf der Erde waren einige Klackse. Er fragte sich, ob sie wohl seinesgleichen seien. Freilich solche, die dem Knall nicht entkommen waren. Er selbst war ja in einer Höhle unter einer Birkenwurzel gewesen. Wie er heraufgekommen war, daran konnte er sich nicht erinnern. Die Klackse waren naß, und womöglich waren es nur verfaulte Pilze aus dem Herbst. Am besten, man wußte es nicht.

Ich habe es gut hier, dachte er. Ich werde an diesem Baumstumpf hier wohnen und mich nie wieder mit welchen einlassen, die Beschwörungen aufsagen und Krieg führen. Ich werde für mich allein bleiben.

Er hatte jedoch das Gefühl, er verfüge nicht allein über diesen Baumstumpf. Ein Rüsselkäfer mit dicker Schnauze und haarigen Beinen kroch knispernd durch seine Gänge. Schließlich wurde es langweilig. Er mußte sich unbedingt bewegen, und als es im Wald heller wurde und die Birkendrosseln lärmten und die Gimpel pfiffen, war ihm, als erkenne er immer mehr der vorherigen Welt wieder. Ich kann vielleicht ins Fjäll zurückfinden, dachte er. Und so machte er sich vorsichtig auf den Weg.

Er kam zu einem Bach. Der gab einen klingenden Ton von sich, wenn sein Wasser von einem felsigen Absatz zum nächsten fiel. Das war, wie er fand, die richtige Gesellschaft. Er kroch hinter einen Felsen und setzte sich ins Moos, aus dem Farnblätter emporwuchsen. Sie waren von einer Sorte, die ihm vertraut war, nämlich Gebirgs-Frauenfarn. Dort schlief er ein.

Er erwachte von einem leisen Platschen mitten in dem Gemurmel des Baches und dem Klang des Wassers in Steinschalen. Da lugte er zwischen den Farnwedeln hindurch und erspähte etwas.

»Teufel aber auch!« sagte er bei sich. Denn wenn es etwas gab, was er bewunderte, so waren es Füße. Und dort unten im Bach, in der allermoosigsten Spalte, wusch ein Wesen sich gerade die Füße. Und diese Füße hatten Zehen, die in dem klaren Wasser so weiß wie Quarz waren, und wenn sie sich bewegten, war jenes Platschen zu vernehmen, das ihn geweckt hatte, obschon es so fein war, daß man es fast nicht hörte.

Das ganze Wesen war weiß und zart. Und jetzt erhob sie sich – denn es war eine Sie, das sah er vorn an den kleinen Brüsten – und beugte sich hinab, um ihr langes rotes Haar zu waschen. Dabei wandte sie ihm den Rücken zu und zeigte etwas, was so schön war, daß es für ihn zuviel wurde.

Ihm war mit einem Mal klar, daß er nicht vortreten und sich zeigen konnte. Er mußte sein langes Haar flechten, er mußte zusehen, daß er heile Kleider auftrieb und sich mit etwas Glänzendem schmückte. Er konnte jedoch nicht sicher sein, daß sie zu derselben Stelle zurückkehren würde, wenn er sich jetzt fortschliche. Deshalb dachte er, er müsse sie ansprechen und dabei weiterhin im verborgenen bleiben und etwas sagen, was sie ihn nie vergessen ließe. Er begriff, daß er ihren Namen sagen mußte.

»Sjorhpa«, sagte er. Denn etwas anderes als eine Waldfee konnte sie gar nicht sein. Während der ganzen Zeit war in einer Tanne über dem weißen Wesen ein Unglückshäher zugegen. Der graubraune Vogel, der lautlos den Stamm entlangschwänzelte und -schlich, erinnerte ihn an einen Fuchs. Flügel und Schwanz leuchteten fuchsrot. Er dachte an Rötjukksa, der bei dem Knall mit unter der Birkenwurzel gewesen war. Der hatte am Kinn und um die Nasenwurzel herum ebenfalls Borsten gehabt. Was wollte ein so zartes Wesen bloß mit solch einem Unglücksvogel als Begleiter? Er wünschte, sie wäre allein gewesen. Doch im Gegenteil: Sie sprach mit dem Vogel.

»Hast du gesehen, wer das war?« fragte sie. Sie erhielt natürlich nur ein Maunzen zur Antwort und fuhr nachdenklich für sich selbst fort:

»Mir war doch, als hätte ich flüchtig etwas gesehen, einen Schimmer nur, einen Skymt.«

Einen Skymt!

Wie er über dieses Wort nachgrübeln sollte! Wenn er ein Skymt war, dann gab es womöglich ein ganzes Volk, das so hieß. Die Skymten. In diesem Fall sollte er bergwärts wandern und nach ihnen suchen. Er hatte jedoch keine Lust, sich aufzumachen, und er wollte auch nicht allein dasitzen und an den Krieg denken. Denn in seinem Herzen sang es! Er wußte nicht, was das war. Doch er bewegte sich mit diesem Singen, und es sagte ihm alles, was er tun sollte.

Er wusch sich. Mit ungeübten Fingern flocht er sich das Haar zu vielen feinen, kleinen Kringeln. Dann zog er los, um nach richtig schönen Dingen zu suchen. Im Wald war es jetzt frühlingshaft, und die Knospen des Blaubeergestrüpps entfalteten duftige hellgrüne Blätter. Alle waren mächtig beschäftigt. Im Moos lagen fleckige Eierschalen, und aus den Nestmulden schrien hungrig die Jungen. Er hörte das Flügelrauschen, wenn die Sumpfohreule des Abends im Moor jagte. Er sah einen Fuchs in einem Ameisenhaufen wühlen und hörte, wie es darin vor Wut und Gift zischte. Er war der einzige, der nur nach Schönem jagte.

Das erste, was er fand, war eine klarblaue, schwarz und weiß geflammte Feder. Sie stammte von einem Eichelhäher. Ein bißchen zerzaust war sie. Womöglich hatte ein Waldkauz den Häher gerissen, als es noch Winter gewesen war. Vorsichtig führte er die Federfahnen wieder zusammen und sah, wie sie ineinander einhakten.

Diese Feder steckte er sich schließlich vorn ins Gewand. Er fertigte sich eine Jacke aus Sommerfellen von Lemmingen. Sie glühten rostrot, gelb und schwarz. Er hatte sie sich unter Lebensgefahr beschafft. Eine Sumpfohreule ist nicht gnädig, wenn man ihr die Beute wegschnappt. Er graste den ganzen Bergwald ab und hielt nach Glänzendem Ausschau: Glimmer am Grund von Bächen, Quarzkristalle in Felsen, schwarze Krallen und weiße Zähne – nach allem, woran er früher einfach vorbeigegangen war, ohne es eines Gedankens oder eines Blickes zu würdigen.

Jetzt war er wirklich derart schön ausstaffiert, daß er bereit war, dem Wesen mit den weißen Füßen gegenüberzutreten. Deshalb zeigte er sich immer öfter, schlich nicht mehr vorsichtig durch den Farn und zwischen den Riedgrasbüscheln umher. Und ehe er sich's versah, saß er wieder fest. Spitjetettan, Brinn, Gaupa, Rötjukksa und Skrågg – der gesamte alte, wütende Haufen aus dem Wolfsvolk stand um ihn herum. Und Njork! Er war jetzt ein völlig anderer. Gleichsam straff aufgerichtet. Die anderen verhielten sich Njork gegenüber nicht mehr höhnisch, sie waren voller Respekt.

Seit er sich zeigte, hatte er vorsichtshalber ein Stück Wolfsflechte an der Mütze stecken, da dies ihr Abzeichen war.

»Aha, du hast überlebt«, sagte Njork.

Diesen Worten war leicht zu entnehmen, daß durch den großen Knall in Ulvas Höhle viele in Dunst und Dampf aufgegangen waren. Oder wenn es hoch kam, zu nassen Klacksen geworden waren. Dort nämlich habe es geknallt, erzählte Rötjukksa. Die Bärenhäute, diese verlausten, stinkenden, pissenden Untiere, hätten gekriegt, was sie verdienten. Jetzt sei Ulvas Höhle in den rechten Händen. Das Wolfsvolk habe sie wieder besetzt, und das verdankten sie Njork und seiner kräftigen Beschwörung. Von den Bärenscheißern sei nicht viel übriggeblieben. Es sei ihnen jedoch gelungen, von denen, die noch immer umherschlichen, jemanden gefangenzunehmen.

»Sag mal, du«, sagte der neue und irgendwie größere und aufrechtere Njork. »Wie heißt du eigentlich?«

»Skymt«, erwiderte er.

Er hatte sich so manche Gedanken darüber gemacht. Er mußte ja ursprünglich irgendwie geheißen haben. Doch dieser Name war verlorengegangen. Als das schöne Wesen am Bach gesagt hatte, es habe einen Skymt gesehen, wollte er zuerst gern glauben, er sei von einem Volk, das Skymten genannt werde. Er sah jedoch nie jemanden, der ihm besonders ähnlich war. Da dachte er, Skymt sei sein Name und den habe ihm das schöne Wesen gegeben. Er hatte diesen Namen bisher jedoch nie benutzt. Das war auch gar nicht nötig gewesen, solange er für sich allein gewesen und in allem nach seinem eigenen Willen verfahren war.

Nach seinem Willen fragte jetzt niemand. Er sollte bloß mit ihnen gehen. Sie hausten nach wie vor in der Höhle unter der Birkenwurzel. Am Abend erhielt er den Befehl, die Wache an dem Bau abzulösen.

Sie hatten ihren Bärengefangenen nämlich in eine alte, leere Höhle mit mehreren Ausgängen gesperrt. Die hatten sie allesamt mit Steinen verschlossen. Bis auf einen. Dort sollte er sitzen und Wache halten, so daß der Gefangene nicht entkäme. Er würde erst abgelöst, wenn die Sonne heraufrollte.

Es war jetzt helle Vorsommernacht. Die Singdrosseln schwatzten und quasselten, als wollten sie etwas sagen. Nicht weit entfernt plapperte ein Bach. Die Tannen säuselten, und er mußte sich daran gemahnen, daß dort nichts sonderlich Gefährliches zu hören sei. Saß dort oben ein Luchs, so war er immerhin absolut still. Bis er zuschlüge. Es war nur das Säuseln, das da säuselte, sonst nichts. Er hörte die Flügel der Sumpfohreule zischen, und den Schrei, wenn eine Maus verendete. Er wünschte, er hätte etwas Dunkelheit gehabt, um sich darin zu verstecken. Doch es gab keine Dunkelheit.

Angst hatte er eigentlich nicht, doch ihm gruselte. Wenn dieser Gefangene nun hervorkröche. Wenn er herauskommen wollte. Wenn er zu schlagen und zu beißen anfinge.

Das mußte ein ganz schauriger Kerl sein. Ein richtig verpißtes, verlaustes Aas. Ein elendes Ekel. Ein fauliger Schleim. Nach all dem, was die anderen gesagt hatten. Aus dem Bau müßte es eigentlich stinken.

Doch es stank nicht. Seltsamerweise. Er kroch weiter in den Gang hinein, der sauber in den feinen Sandboden gegraben war. Dort drinnen befand sich zwar der Gefangene, aber es gab da vielleicht auch ein bißchen Dunkelheit. Und es roch angenehm. Wie Moosglöckchenblüten oder Anispilze. Außerdem war da ein Weinen.

Wenn etwas gut riecht, kann man fast nicht denken. Man will nur näher und näher hin. Er kroch und kroch. Feiner Sand rieselte manchmal nach unten. Es wurde dunkler und dunkler. Er kroch geradewegs in eine feine, gut riechende Dunkelheit. Schließlich weitete sich der Gang. Der Duft war jetzt intensiv. Wie ein blühender Moosglöckchenwald, wie Anispilze, wenn sie aus Salweidenstämmen quellen und fest gewordenem gelbem Rahm gleichen.

Drinnen war es absolut still geworden. Rings um sich herum spürte er den Raum der Höhle. Das Weinen war verstummt. Skymt konnte jedoch jemanden atmen hören.

Dann regte sich absolut nichts mehr. Auch er hielt den Atem an und schärfte sein Gehör aufs äußerste. Es war jedoch nicht das geringste Rascheln zu vernehmen. Noch immer umgab ihn dieser Duft, floß wie warmer Honig. Skymt war jetzt sehr tief in die Höhle vorgedrungen, und es war schwarz wie in einem erloschenen Kohlenmeiler. Ihm schwindelte vor Finsternis.

Vorsichtig streckte er die Hand aus, um sich vorwärts zu tasten. Ein Schrei! Kurz und spitz, so daß er in den Ohren gellte. Skymt zog seine Hand zurück, als ob er sich gebrannt hätte. In der Stille konnte er es nicht lassen, erneut zu tasten. Etwas Weiches, Luftiges, Feines ... ein Pelz ... Glatt, wenn er mit der Hand in die eine Richtung strich. Immer schmaler wurde es, bis es schließlich aufhörte. Und während seine Hand über das feine, luftige Haarkleid glitt, war ständig ein Knurren zu vernehmen. Seine Hand machte kehrt. Doch in der anderen Richtung widersetzten sich die Haare. Und dieser Schwanz oder was das war, schlug aus. Das Knurren wurde zu einem Kläffen. Skymt war höchst verwundert, als er erneut den Schwanz zu fassen bekam und jemanden sagen hörte:

»Laß das!«

»Wer bist du?« flüsterte er.

»Wer bist *du*?«

Er wußte nicht, ob er wagen sollte, das zu verraten. Man soll seinen Namen ja nicht jedem x-beliebigen nennen. Manchmal aber war es nötig. Und außerdem war er stolz darauf, einen Namen zu haben. Er sagte:

»Skymt.«

»Ich kenne deine Stimme.«

»Und ich deine.«

Jetzt bestand nämlich kein Zweifel mehr. Es war

das Wesen vom Bach. Es war diese Sjorhpa, die Waldfee. Es war die Rothaarige mit den weißen Füßen.

»Sjorhpa«, flüsterte er. »Was machst du hier?«

»Sie haben mich gefangengenommen, Skymt.«

»Das weiß ich schon«, sagte er, »denn ich wurde dazu abgestellt, ihren Gefangenen zu bewachen. Nie hätte ich jedoch gedacht, daß du das bist.«

Sie befühlten einander. Sjorhpa zuckte zusammen und wich zurück, als sie die Wolfsflechte an seiner Mütze berührte.

»Hab keine Angst!«

Er riß das Flechtenbüschel ab und warf es in die Finsternis.

»Das hat nichts zu bedeuten«, erklärte er. »Ich werde dich befreien. In Wirklichkeit bin ich keiner von denen.«

Dann kam ihm etwas in den Sinn.

»Warum haben sie dich ergriffen?«

»Weil mein Vater der Anführer des Bärenvolks ist. Er heißt Jerspe.«

Ich habe angenommen, er heiße Kekel, dachte Skymt. Er hatte auch gehört, daß die Frau des Bärenhäuptlings einen ebenso garstigen Namen habe. Denn Kekel bedeutete ja Schuft. Das wagte er denn doch nicht zu sagen. Er heißt vielleicht wirklich Jerspe, dachte er. Eine, die so gut riecht, kann ja wohl nicht lügen.

»Bärenvolk und Wolfsvolk«, sagte er und pfiff dann kurz, wobei er versuchte, richtig verächtlich zu klingen. »Krikk, krikk, krikk!«

Sie lachte dort im Finstern. Er kroch näher und spürte, daß sie warm und zart war.

»Ich werde dich jetzt hinausbringen«, sagte er, obwohl er eigentlich gute Lust hatte, mit ihr dort drinnen zu bleiben, ihren guten Geruch zu atmen und dieses Weiche zu berühren. Es war, als spürte man alles viel deutlicher, wenn man nichts sehen konnte. Doch es eilte. Der namens Gaupa sollte Skymt ablösen, wenn die Sonne genau über das Månfjäll jenseits Hersens gekommen wäre. Dann mußten sie fort sein.

Sie begannen zum Ausgang zu kriechen. Da merkte er, daß sie matt war und nur mit Mühe vorankam. Sie hatten ihr weder zu essen noch zu trinken gegeben. Sie hatten sie so lange im Finstern liegenlassen, daß sie nicht wußte, wie viele Tage vergangen waren. Ihr Gedächtnis hatte bereits große Flecken und Löcher. Es war wie ein von Ratten zernagtes Fell und hielt nur noch notdürftig zusammen. Als sie Skymts Stimme vernahm, erinnerte sie sich an den Bach und an die flügelgleichen Blättchen des Gebirgs-Frauenfarns. Doch als er seinen Namen nannte, wußte sie nicht, ob sie einen eigenen hatte. Nun wollte sie gern den Namen tragen, den er ihr gegeben hatte.

Als sie hinauskamen, sog sie Wasser aus dem Moos.

»Du kannst dann aus einem Bach trinken, Sjorhpa«, flüsterte er. Doch sie sog und sog, so durstig war sie. Dann durfte sie sich ins Moos legen, das ihren geschwollenen und wunden Körper umschmeichelte. Skymt mußte rings um den Eingang des Baus Sand aufwühlen, um den Eindruck zu erwecken, als wäre ein Fuchs oder ein Marder dagewesen und hätte sie beide geschnappt. Er riß sich ein paar schwarze Haarbüschel aus dem Schädel und legte sie in den Sand, doch auch Sjorhpa etwas aus dem langen und schönen rotglänzenden Schwanz zu rupfen, hatte er nicht das Herz. Am Ende opferte er seine Eichelhäherfeder, knickte sie und biß hinein, damit es aussähe, als hätten scharfe Raubtierzähne zugebissen.

Ganz vorsichtig machte er einen Fußabdruck in den Sand. Er brach das feinste Tannenzweiglein ab, das er finden konnte, und zeichnete damit tiefe Krallenabdrücke. Dann wischte er mit der geknickten Feder darüber, damit sie nicht zu deutlich wären. Diese letzte Vorkehrung wurde ihnen beinahe zum Verhängnis, denn zur selben Zeit färbte sich der Rand des Himmels über Hersen wie eine Feuerglut, und der goldrote Sonnenball rollte über das Månfjäll herauf. Scharf wie ein Speer stieß das Licht zwischen den Tannen bis zu dem Loch vor. In der Ferne war jetzt auf dem moosigen Boden das dumpfe Trampeln von Schritten zu hören: Das war Gaupa.

Skymt zog und schleifte Sjorhpa in den Schatten. Sie lagen still auf den von altem, verwelktem Farn braunen Boden gedrückt. Sie hörten Gaupa im Sand scharren, sie hörten ihn schnuppern. Wahrscheinlich hatte er jetzt die Feder entdeckt. Dann rief er leise und beinahe verschüchtert nach Skymt. Als er keine Antwort bekam, hörten sie ihn ein paar Schritte machen. Er ging wohl rückwärts, denn es waren keine Schritte auf Sand. Es knisterte von Nadeln.

Gut. Jetzt glaubte er, sie seien geschnappt worden und dort in der Höhle lauere noch jemand.

Nach einer Weile konnten sie ihn nicht mehr atmen hören, und Skymt war überzeugt, daß er sich davongeschlichen hatte, um Hilfe zu holen.

Sie gingen ein großes Risiko ein, als sie sich schließlich in dem raschelnden Farn bewegten. Doch Skymt hatte richtig vermutet: Gaupa war tatsächlich abgezogen. Jetzt hatten sie etwas Zeit, um zu verschwinden.

Wohin?

Es war das erste Mal, daß er sich so richtig nach dem Fjäll sehnte. Nach Höhlen und Nestern, die er kannte. Nach der Heide, wo der Mornellregenpfeifer warnte, wenn jemand kam. Es war jedoch so weit dorthin, und Sjorhpa war durch die Mißhandlung und den Hunger so schwach, daß sie keine lange Wanderung unternehmen konnten. Als sie endlich an den Bach gelangten, schien es, als könnten sie überhaupt keine Wanderung unternehmen. Sjorhpa brach zusammen.

»Liebe, gute Sjorhpa«, flüsterte Skymt. »Versuch es!«

Doch ihr fehlte die Kraft. Nun konnten sie von der Höhle her schon gelle Schreie hören. Gaupa hatte Verstärkung geholt. Sjorhpa glich einem wundgebissenen Tier, wie sie da lag. Es war gerade so viel Leben in ihr, daß sie ihn aus glänzenden Augen ansehen konnte. Sie wirkte fiebrig.

»Versuch es, versuch es …«

Sie konnte nicht aufstehen. Die Stimmen hinter ihnen wurden immer hitziger. Es war nicht sicher, daß sie seiner Finte Glauben schenkten. Da, in seinem großen Schrecken, flog ihn, flink wie ein Vogel, ein Gedanke an.

»Sieh mal, dort«, sagte er. »Siehst du das Stück Rinde?«

Sjorhpa sah es. Von einer dürren, toten Rottanne war ein großes Stück Rinde abgefallen. Es war leicht gewölbt und lag mit der Innenseite nach oben, die von den Gängen der Borkenkäferlarven dicht geschnörkelt war. Sie glichen wunderlichen Buchstabenzeichen. Jetzt blieb jedoch keine Zeit, herumzusitzen und zu träumen und so zu tun, als läse man geheime Zeichen und versuchte sie zu deuten.

»Kriech hinauf!«

Er schob sie an, und als Sjorhpa mit dem ganzen Körper auf dem Rindenstück lag, bot er all seine Kräfte auf, es in den Bach hinunterrutschen zu lassen. Das Gras unter der Rinde war glatt, und so ging es besser, als er vermutet hatte. Als sie oberhalb eines stillen, tiefen Tümpels im Wasser schaukelte, kroch auch er vorsichtig an Bord. Dann ging alles zu schnell. Er hatte als Stange einen Tannenast mitgenommen und wollte sie damit abstoßen, doch oberhalb des Tümpels strudelte das Wasser in dem Bach, und das Rindenstück schoß mit ihnen beiden davon.

»Leg dich hin! Halt dich fest!«

Sie wirbelten dahin. Der Bach schäumte, gischte. Das Wasser stand wie Pferdenacken über die Steine gebeugt. Mit weißen Mähnen aus Schaum. Und eine Kraft war darin wie in Pferdeleibern. Die Steine waren kantig. Spitze Äste ragten auf, glatt vor Algen. Das Wasser riß sie mit sich, trug ihr Rindenstück wie zum Hohn: Wartet nur! Ich werde euch zermalmen! Ich werde Splitter aus euch machen! Ertränkte Haarbausche, zertrümmerte Knochen! Zuerst aber werde ich euch zum besten halten. Ihr werdet mit meinen bösen Geistern über Schaumkronen und schwarze Strudel fahren. Hoppla, all meine Pferde! Nun sollt ihr den Satan und alle Teufel des Fjälls zu sehen kriegen! Nun sollt ihr das schwarze Wasser dieses Baches zu spüren kriegen!

Sie klammerten sich fest, so als ob sie Krallen hätten. Die Rinde war von den eingegrabenen Gängen ja rauh und uneben. Schließ die Augen und halt dich fest, Sjorhpa, bat Skymt bei sich. Etwas sagen, was zu hören gewesen wäre, konnte er nicht. Das Brausen des Baches und der Klang des Wassers an den Steinen übertönten alles, und er hatte den Mund voller Wasser, kaltem, schwarzem Wasser. Den Geschmack von Eisen hatte er im Mund, und in seinem Schädel ging es rund, kaum noch vor Angst, hatte er doch gar keine Zeit, dem nachzuspüren: Alles war Wasser und Strudel und Kraft, und er und Sjorhpa wurden mitgeschleudert, als der Bach sich wütend zwischen Mooswänden talwärts stürzte, zwischen Felsbrocken und an Wurzeln entlang, die nach dem Rindenstück griffen und es manchmal tatsächlich erwischten, so daß es halbwegs auf der Gischt saß und gegen einen hölzernen Greifarm schlug, der es ins Steingeröll hinaufwerfen wollte.

Der Bach wand sich durch den Wald, talwärts, talwärts von einem Fall zum anderen, und mit geschlossenen Augen rumsten sie über die Steine. Sie trieben nicht, sie fuhren nicht wie in einem Boot, denn sie waren fast ständig unter Wasser und mußten mit aufgerissenem Mund die Gelegenheit abpassen, einzuatmen, wenn das Rindenstück sich einen Augenblick lang über den Schaum und die Strudel erhob. Sie kamen jedoch voran, denn sie waren wie eins mit der Rinde: Sie hingen wie eine Schnecke am Stein und wie eine Flechte am Felsen, festgesogen. Gib nicht auf, Sjorhpa, flüsterte Skymt bei sich. Halt fest! Halt fest!

Schließlich floß der Bach ins Moor hinaus. Es wurde ruhig. Ein steter Strom trieb das Stück Rinde in schwarz spiegelndem Wasser weiter. Sie hatten alle Mühe, wieder auf die Rinde zu klettern, Skymt voran, und als er oben war, zog er Sjorhpa nach. Sie war wie erschlagen, doch das kühle Wasser hatte ihr auch gut getan. Jetzt lag sie ganz still, atmete gleichmäßig und ruhig und hatte die Augen geschlossen.

»Versuch dich auszuruhen«, flüsterte er. »Gleich kommt nämlich noch einmal ein fürchterlicher Schlag. Wir können hier ja nicht ins Moor hinaus, wir würden keinen festen Grund unter den Füßen finden. Wir würden in einem schwarzen Loch ertrinken. Darum müssen wir mit dem Strom schwimmen, und ich weiß, daß auf der anderen Seite des Moors der Tanz von neuem beginnt, und das schlimmste ist, daß ich nicht weiß, wie lange er dauert, denn so weit weg war ich noch nie.«

Es war nicht sicher, ob sie hörte, was er sagte, doch sie schien immerhin zu ruhen, während die starke, doch nahezu unsichtbare Strömung sie beide langsam weitertrieb. Sie sahen die weißrosa Sterne des Bitterklees blühen. Fette, gelbe Sumpfdotterblumen trieben faul am Rand, wo die gestrichelte Mauer des Riedgrases begann. Langsam, langsam ... Und dann kam aufs neue der Sog: Der Strudel war dicht und schwarz. Sie rasten wieder talwärts, wurden herumgeschleudert, trudelten. Doch diesmal dauerte das unablässige Fallen in Steine und Wasser nicht so lange. Es war steil, Tannenzweiglein ragten vor, und immer und immer wieder ging es beinahe schief. Doch es ging schneller vorüber – dort lag schon blankes Wasser und spiegelte den Himmel, morgenrosig und neu. Und jetzt glitt das Rindenstück auf den großen, ruhigen Fluß hinaus.

In diesem Moment merkte Skymt, daß er Sjorhpa verloren hatte.

Einige wenige Augenblicke können lang sein wie ein ganzes Leben. Leer.

Er dachte an den Tod. An Tiere, die sich nicht mehr regen. Starre Beine, die abstehen. Matte Augen, die nichts sehen. Schleim, der erstarrt ist. Es war so schrecklich, daß er zu weinen begann. Er legte die Stirn auf die nasse Rinde mit ihren Schnörkelgängen und dachte: Ich verstehe das alles nicht. Wozu soll das alles gut sein? Warum sollen wir den ganzen Weg unversehrt auf den Wassermähnen der wilden Pferde reiten – nur um dann ...

Da hörte er ein leises Wimmern.

Sjorhpa!

Sie saß fest. In einem Gestrüpp aus Zweigen und Gras. Es war ein alter Biberdamm, halb eingestürzt. Die schöne, weiße Sjorhpa mit dem roten Haar, nur noch ein erschöpfter und gebrochener Leib. Ein Fetzen. Doch sie piepste!

Er tauchte die Hände ins Wasser, spürte die unsichtbare Strömung auf und stemmte ihr sein Rindenstück entgegen. Gewann etwas Fahrt... da glitt er hinaus und näherte sich der Bibermauer aus Ästen und Erde, aus Zweigen und altem, zottigem Gras. Jetzt bekam er Sjorhpa zu fassen. Er nahm die Füße von der Rinde und stieß sich ab. Und dann saßen sie nebeneinander, nachdem sie den zerfetzten Damm erklommen hatten.

Der Fluß war so still und blank. Das Wasser glich einem unversehrten Eigelb. Ein Häutchen von Unberührtheit lag darüber. Nicht eine Forelle bewegte die Oberfläche. Es war ein frischer Morgen. Der Wind aus dem Fjäll kam mit frostigem Gezwack. Es duftete nach Blumen. Ja, nach Butterrosen. Ihre runden Kronen raschelten leis in dem vorüberstreichenden Windstoß. Die Weide am Flußufer war weiß behaart und kräftig. Das vom Wind gekräuselte Wasser wurde jetzt wieder glatt und blank.

»Wir sollten uns bedanken«, sagte er, als sie, sich festklammernd, in dem Geflecht aus Stöckchen saßen. Doch bei wem sollten sie sich bedanken? Sie sahen das Stück Rinde, das sie getragen hatte, auf dem Fluß zu den großen Fällen hinabgleiten, die sie weiter unten rauschen hörten.

»Wie klein sie ist«, flüsterte Sjorhpa.

Und dann verschwand die Rinde.

Es wurde ein guter Tag für Sjorhpa. In der glühenden Sonne ruhte sie sich zusammengekauert an einer Wacholderwurzel aus. Skymt behütete sie vor den Erdwespen, die in einem alten Mäusenest aus und ein flogen, worin sie den grauen Papierball, in dem sie wohnten, hervorgekaut und aufgebaut hatten. Gegen Abend begannen die Insekten in großen Wolken über dem langsamen und klaren Wasser des Flusses zu schwärmen, das mit starker, doch nahezu unsichtbarer Strömung über die Sandbänke zog. Da lief Skymt umher und suchte ein Loch, um es so auszugraben und zu vergrößern, daß sie hineinkriechen könnten. Es war jedoch alles bewohnt. Aus den Höhlen fauchte und pfiff es wütend.

Die Gnitzen, die allerkleinsten und giftigsten Kriebelmücken, saßen wie ein Haarkleid unter den Grashalmen und in den Weidenbüschen. Es war so ein Abend, der ihre Lust zu tanzen und ihren Trieb zu stechen und zu saugen und zu krabbeln weckt. Alles machen sie gemeinsam: lassen sich von einer gewissen Frische in der abendlichen Brise wecken, schlafen von einem Hauch Kühle ein. In großen Wolken und Schwärmen suchen sie alles, was Wärme und Blut hat. Sie scheinen nicht zu wissen, was sie tun, sie wissen vielleicht nicht einmal, daß sie in großen Wolken zusammen sind, dachte Skymt. Eine jede glaubt vielleicht, sie sei die Wolke, sie sei der Schwarm, sie allein und sonst keine sei die sich verdichtende Masse. Sie halten sich womöglich für mächtig, weil sie andere ermatten und in den Wahnsinn treiben können. Oder sie wissen selbst das nicht. Sie schwärmen und wölken sich bloß, sie stechen und saugen und krabbeln bloß.

Sjorhpa weinte. Skymt versuchte sie zu schützen, indem er mit Birkenzweigen wedelte, doch die Gnitzen kamen Woge auf Woge, unempfindlich dagegen, wie viele von ihnen weggefegt wurden und in den Fluß fielen, wo die Forellen jetzt nach ihnen schnappten und auf der Wasseroberfläche große Silberkreise erzeugten. Ebenso viele kamen wieder. Die Wolke wuchs und verdichtete sich.

Direkt im Flußufer gab es ein großes Loch. Skymt hatte es gleich bei ihrer Ankunft bemerkt. Ihm war jedoch unheimlich zumute, wenn er dort hineinsah. Es war mehr als ein Loch, es war der Eingang eines gegrabenen Ganges, eines Bibertunnels. Da drinnen roch es nach Schlamm und faulenden Pflanzenteilen. Man wußte nicht, worauf man stoßen würde, wenn man sich in diese Finsternis hinabbegäbe.

Der Fluß teilte sich vor der Stelle, wo sie gelandet waren. Was die beiden Wasserströme voneinander trennte, war eine Insel. Von dort waren das Rascheln der Butterrosenkronblätter und der gute Blumengeruch herübergedrungen. Zwischen der Insel und dem Ufer ragte eine Biberburg empor. Sie wirkte alt. Die Stöckchen und Zweige ihres Daches waren halb vermodert. Skymt schwante, daß der Tunnel dorthin führte. Doch weder er noch Sjorhpa könnten eine so weite Strecke unter Wasser schwimmen. Sie würden keine Luft bekommen. Ein Biber konnte ziemlich lange unter der Wasseroberfläche zubringen. Für einen wie ihn war es keine Kunst, in einem unterirdischen Tunnel zu der Burg zu schwimmen. Sjorhpa und er dagegen würden ertrinken.

Da besah er sich erneut den Biberdamm, an dem

Sjorhpa hängengeblieben war, als sie aus dem Sturzbach in den Fluß gerast waren. Er war zerfetzt und eingefallen. Hier schienen schon lange keine Biber mehr gewesen zu sein und gebaut zu haben. Das Wasser stürzte geradewegs durch die zerfetzte Mauer aus Zweigen und Ästen. Das Frühjahrshochwasser hatte große Stücke herausgerissen und die Erde fortgespült, die das Geflecht aus Stöckchen abgedichtet hatte.

Er sah sich genau um. Längs des Flußufers gab es viele Baumstümpfe. Sie waren von langen, scharfen Biberzähnen benagt. Rotgelb waren diese, das wußte er. Man sah die Nagespuren und die Spitze aus Holz, die sie hinterlassen hatten. Alles längs der Ufer war fein säuberlich abgenagt, es gab keinen richtigen Laubbaum mehr zu fällen. Nein, diese Stelle hatten die Biber aufgegeben. Und nun wurde ihm auch klar, daß der Damm überhaupt kein Wasser zurückhielt. Die Biber hatten den Fluß hier einst gezwungen, viel höher zu steigen. Und die Öffnung, die er so lange betrachtet hatte, dieses dunkle Loch, das nach Schlamm roch, lag jetzt weit oben an der Böschung.

»Sjorhpa«, flüsterte er. »Ich glaube, wir wagen uns in den Tunnel. Hörst du?«

Sie weinte. Die Gnitzen krochen ihr in die Augenwinkel. Es war eine einzige Qual und Müdigkeit.

»Ich glaube, der Tunnel liegt trocken«, flüsterte er. »Komm, Sjorhpa.« Und so krabbelten sie los.

Skymt hatte die Lage nahezu richtig eingeschätzt. Weite Strecken krochen sie im Dunkeln und spürten nur feuchten Morast unter sich. Ab und zu ein Stöckchen, das vorragte. Doch dann kamen sie zu einer mit Wasser gefüllten Stelle und mußten ein Stück schwimmen. Das war fürchterlich, denn im Dunkeln wußten sie nicht genau, in welche Richtung sie schwammen. Es war, wie im Schlaf zu schwimmen, wenn man träumt. Obwohl es im Traum nach nichts riecht, dachte Skymt. Hier riecht es dumpfig und faulig.

Sie robbten wieder aus dem Wasser. Und dann setzten sie ihren Weg fort, bis der Tunnel sich weitete und sie auf ein Bett aus modrigen Zweigen gelangten. Da begriffen sie, daß sie die von den Bibern aufgegebene Kammer erreicht hatten. Sie schmiegten sich in der Feuchtigkeit aneinander, und erst jetzt dachten sie daran, daß sie immerhin der Gnitzenwolke dort draußen entkommen waren.

So dicht beieinanderzuliegen war etwas ganz und gar eigenes. Der Geruch und die Wärme eines anderen Körpers und Wesens strömten in den eigenen Körper und das eigene Wesen über und sodann wieder zurück. Sie ließen sich nicht mehr auseinanderhalten. Es war, als mischte sich Wasser mit Wasser. Es wird eins. Skymt war sich völlig sicher, daß er so etwas noch nie erlebt hatte. Er hatte allein gelebt. Hatte Winde heulen, den Mornellregenpfeifer warnen und das Schneehuhn lachen hören. Der Schneehuhngockel konnte manchmal richtig böse lachen, obwohl er wahrscheinlich nicht so viel damit sagen wollte. Wenn Sjorhpa ihm etwas zuflüsterte, wußte Skymt genau, was sie meinte, auch wenn er ihre Worte nicht richtig verstand. Da konnte er sich auch des Eindrucks nicht erwehren, daß er bereits wußte, wie das war: sich im Dunkeln miteinander zu vermischen. Daß er bereits eine Erinnerung hatte. Daß etwas zerflattert war. Ja, es war vielleicht keine Erinnerung. Jedenfalls war es zerflattert. Doch er kümmerte sich nicht darum. Er lag so nah und warm und gut.

In der dritten Nacht, in der sie so lagen, geschah das Wunderliche. Skymt hörte einen Gesang. Kein vollständiges Lied und nicht mit kräftiger Stimme vorgetragen. Es war, als brummelte jemand leise vor sich hin, mal nur den Schnörkel einer Melodie summend, mal ein paar Worte hinzufügend. Es war ein zerflattertes Lied. Doch er erkannte die Worte. Die wenigen Worte, die er zu hören bekam.

Er weckte Sjorhpa.

»Hörst du ...«

Doch sie hörte nichts als das Wasser des Flusses.

Honigtage. Sjorhpa sagt einige schaurige Worte. Bachgesäusel, Blätterrascheln und Trauer. Was die toten Mäuse Skymt lehrten. Njork ist ein großer Häuptling geworden und macht eine Weissagung.

Nun soll erzählt werden, daß sie tagsüber die Biberburg verließen, daß sie zu der blühenden Insel kamen und lange dort lebten. Es war eine Zeit, so gelb wie Honig, und sie schmeckte nach Sonne. Das Rascheln in den Kronblättern der Butterrosen und das Gemurmel des klaren Wassers im Fluß sowie das feine Pfeifen der Buchfinken waren alles, was sie in dieser Zeit hörten. Hinterher wußten sie nicht, ob diese lang oder kurz gewesen war. Doch sie mußte ziemlich lang gewesen sein, denn zuerst verblühten die Butterrosen und bekamen stachelige Fruchtkugeln. Dann wuchs der Baldrian zu gleicher Höhe heran und bekam Trauben von Knospen, die weiß und rosa ausschlugen. Sie erfüllten die Abende mit ihrem wunderlichen Duft. Schließlich war auch der Alpen-Milchlattich so hoch, daß seine Stengel einen Wald bildeten. An seiner Spitze erblühten hellila Trugdolden, und da war es Spätsommer, und die Gnitzen hatten keine Kraft mehr, sich zu Wolken zu sammeln. Das Gras blühte, setzte Samen an, und an seinen Halmen kletterten Zwergspitzmäuse. Der Fuchs trabte auf der anderen Seite des Flusses umher und schnupperte nach Wühlmäusen und Vögeln. Die Abende wurden dunkel, und die beiden hörten Eulen ihre Beute schlagen.

Eines Abends saßen sie am glänzenden Wasser des Flusses und betrachteten den Mond, der heraufgerollt war, bläßlich weiß und mit einer Menge Flecken. Da sagte Sjorhpa, sie glaube, es werde Herbst und Schnee und Frost würden kommen.

Nun, das war ja keineswegs unwahrscheinlich. Skymt hatte daran jedoch überhaupt nicht gedacht.

»Bevor Schnee fällt und es schwierig wird, sich durchzuschlagen, muß ich zusehen, daß ich nach Hause komme«, sagte sie. »Ich habe oft an meine Eltern gedacht, die glauben, ich sei vom Wolfsvolk entführt worden. Ich sollte hingehen und ihnen erzählen, was ich alles erlebt habe, dann sähen sie ja, daß ich unversehrt bin.«

Für Skymt war das wie ein Stich ins Herz. Welch schaurige Worte! Nach Hause. Eltern. An diesem Abend erschienen der Fluß schwärzer und die Luft kälter.

Sie blieben noch einige Tage auf der Insel, doch Skymt dachte nur noch daran, daß sie sich trennen müßten, und auch Sjorhpa dachte daran. Er konnte ja nicht mit ihr kommen, da er dem Wolfsvolk angehört hatte. Womöglich tat er das noch immer. Obwohl er es ja verraten hatte, als er Sjorhpa befreite. Es war sicherlich gefährlich für ihn, sich in dessen Wald aufzuhalten. Sjorhpa wollte jedoch nicht, daß er sich wieder ins Fjäll hinaufzog, denn dann würden sie einander verlieren.

»Wir werden uns an unserem Platz am Bach treffen«, sagte sie. »Ich werde versuchen, jeden Tag allein dorthin zu kommen.«

Er war indes völlig mutlos. Sie wanderten den weiten Weg zurück, und er verließ sie, unmittelbar bevor der Wald des Bärenvolkes begann. In seinem Inneren war es schwarz wie in einem Moorloch. Er glaubte nicht, daß er sie jeden Tag sehen werde, wie sie sagte. Vielleicht nie wieder, dachte er.

Er nahm ein Stück Wolfsflechte und steckte sie sich an die Mütze. Wenn er auf Njork und die anderen träfe, müßte er sich wohl etwas einfallen lassen. Sie würden ihm bestimmt nicht glauben, aber ihm war alles einerlei. Die Bäche murmelten und schwatzten wie immer, doch sie wollten mit ihrem Geschwatz nichts sagen. Die Tannen säuselten, doch es war ja nur ein Säuseln. Es ist nichts, dachte Skymt. Nichts will irgend etwas sagen. Es ist nichts als Gesäusel und Geraschel. Ein Blatt nach dem anderen fällt von dem Vogelbeerbaum, der bei Ulvas Höhle steht. Und ich bin allein.

Jeden Tag ging er zum Bach, setzte sich und wartete. Doch Sjorhpa kam nicht. Er hatte auch gar nicht damit gerechnet. Nicht, daß sie ihn im Stich gelassen hätte. Auf den Gedanken wäre er nie verfallen. Doch ihre Leute glaubten natürlich, sie würde wieder entführt werden. Sie behielten sie im Auge, so daß sie sich nie fortstehlen konnte. Davon war er überzeugt.

Wie würde es ohne sie sein?

So eben.

Das war die simple Wahrheit. Ein Tag wie der andere. Das Säuseln säuselt. Das Laub fällt nach und nach. Mehr wird nicht sein.

Eines Abends, als er zum Schlafen unter eine Tanne kroch, fand er ein Mäusenest. Die Jungen waren tot. Sie lagen nebeneinander, wie sie es auch im Leben getan hatten, waren jedoch ganz hutzelig und dürr. Skymt wurde klar, daß die Mäusemutter von einem Fuchs oder einer Eule geholt worden war. Die Jungen hatten dagelegen und waren verhungert.

So ist es, dachte er. Sie waren allein. Das war ihre Krankheit. Und nun haben sie keine Ahnung davon, wie es im Wald ist, wenn der Hasenklee blüht und seine weißen Kronblätter feine rote Streifen bekommen. Sie wissen nichts vom Honig, von der Sonne und dem Pfeifen der Buchfinken. Sie können sich nicht einmal nach etwas sehnen, dürr und tot, wie sie daliegen.

Ist auch gut, dachte er dann.

Anstatt zu schlafen, ging er in den Wald. Es ist gefährlich, nachts umherzulaufen. Flügel können im Dunkeln gerauscht kommen. Scharfe Krallen und spitze Zähne sind dann unterwegs, und strenge Gerüche sind da. Doch ihn schien das jetzt überhaupt nicht zu kümmern.

Auch gut, auch gut, sagte er zu sich selbst. Und er ging, bis er zu der großen Höhle kam, wo er Sjorhpa einst gefunden hatte, und er kroch hinein, ohne auch nur zu erkunden, ob sie leer war. Das hätte sehr übel ausgehen können. Auch gut, sagte er zu sich selbst.

Von Sjorhpas Duft war nichts mehr vorhanden. Da waren nur Sand und Finsternis. Er kroch bis ganz ans Ende. Nun werde ich weder essen noch trinken, sagte er zu sich selbst. Ich werde bloß hier im Finstern liegen.

Auch gut, auch gut.

Draußen rauschte der Regen durch die Tannenzweige, ohne daß Skymt es merkte. Ein gewaltiger Wind kam auf und hielt einen Tag und eine Nacht lang an. Doch Skymt hörte nichts von dessen Tosen und Geheul. Er hatte sich so weit wie möglich in den Sand gegraben und lag jetzt absolut still. Bald wäre auch er dürr und hutzelig.

Njork war in diesem Sommer sehr mächtig geworden. Der große Knall in Ulvas Höhle hatte das Wolfsvolk davon überzeugt, daß er seltsame Kräfte besaß und Worte kannte, die sehr stark waren. Sie hatten ihn zum Häuptling ernannt. Spitjetettan wurde abgesetzt und zog sich, gelb im Gesicht, erst einmal zurück. Doch bald kam er wieder, eifrig mit seiner schrillen Stimme sprechend, und saß alsbald in der Nähe der Höchsten um Njork. Die Allervornehmsten, das waren jetzt Brinn, Gaupa und Skrågg. Spitjetettan und Rötjukksa mußten sich hinter ihnen halten. Njork hatte junge Krieger um sich geschart, und er nannte sie Eisenzotte, Nagelpfote, Messerzahn, Glutauge und Schwarzblut. Sie sollten ihn und die Höchsten verteidigen.

Der Krieg lief schlecht. Die Ulvahöhle war nach wie vor von Njorks Leuten besetzt, doch die Bärenschufte schlichen in unmittelbarer Nähe umher. Sie nannten die Höhle noch immer Binnens

Winterlager. Auch wenn sich dort kein Bär hatte sehen lassen. Auch kein Wolf. Man kann fast sagen, daß der Krieg im Spätsommer ein wenig eingeschlafen war. Spitjetettan sagte, er habe so seine eigene Auffassung davon, woran das liege. Das machte Njork nervös. Als in den feuchten Moorsenken und unter den großen Tannen die Multebeeren reiften, kamen Menschen aus den Dörfern in den Wald, und da bekam Njork Dinge zu hören, die ihn aufleben ließen. Varjo, sagten einige.

»Varjo nielaisse kuun.«

Njork hatte ja jenseits des Rukammens weit unten bei den Menschen, Hunden und anderem gelebt, und er wußte, daß diese Leute hier ein besonderer Schlag waren. Finnen. Sie waren auf den Holzschlägen. Sie pflanzten aber auch Wald an, und im Herbst sammelten sie Beeren. Sie kamen von weit her. Njork hörte ihnen sehr genau zu. Und eines Tages rief er die Höchsten zusammen und sagte, er habe dem Volk große Dinge mitzuteilen.

Das Volk kümmerte sich nicht mehr so viel um den Krieg, sondern ging seinen eigenen Angelegenheiten nach. Njork sagte nun zu Brinn, Gaupa und den anderen, er wolle alle um sich versammeln. Allerdings heimlich, denn es seien geheime Dinge, die er mitzuteilen habe.

»Wie kann etwas geheim sein, wenn man es allen mitteilt?« fragte Spitjetettan.

»Ja, ja, ja«, sagte Njork. »Jedenfalls werden wir jetzt das Volk zusammenrufen.«

Die Höhle unter dem Vogelbeerbaum war jedoch zu klein. Sie brauchten einen Raum, worin alle Platz fänden, und sie müßten ein Feuer darin haben.

Das klang gefährlich. Doch alle wußten, daß das Bärenvolk Feuer hatte. Das hatte es bei den Menschen geholt. Es blieb meistens zurück, wenn diese ihre Kaffeefeuer verließen. Tief im Moos glühte es dann in verkohlten Holzstücken, und es wiederzubeleben war nicht schwierig. Fackeln aus Kiefernholz sollten es sein, sagte Njork. Zuerst aber müßten sie einen Saal finden, der groß genug sei, um ein ganzes Volk darin zu versammeln.

Er hatte sich wahrscheinlich einen Saal im Inneren des Fjälls vorgestellt. Von solchen Sälen hatten alle schon gehört. Von Sälen mit hallenden Gewölben aus Eisenerz und Silberpracht und grünem Stein, der von der Decke getropft und zu langen Speeren erstarrt war. Dieses Volk sei jedoch von Vergeßlichkeit und kleinen erbärmlichen Sorgen ums Essen erfüllt, sagte Spitjetettan, deshalb hätten die Leute auch vergessen, wo sich die Eingänge zum Fjäll befanden. Es bedürfe eines Krieges, um sie zu beleben und dazu zu bringen, sich der Vergangenheit und der großen Dinge zu entsinnen, die sich einst zugetragen hätten. Sie seien nachlässig, feige, erbärmlich, stumpf, und ihr Gedächtnis sei so löchrig, wie ein Pilzhut voller Würmer. Nun mußten die Höchsten sich also mit der ersten Höhle begnügen, die in der Nähe zu finden war. Es war die Höhle, worin sie die Bärengefangene in Gewahrsam genommen hatten, die dann entführt worden oder geflohen war, und zwar mit Hilfe eines großen Schurken und feigen Verräterschuftes aus dem Fjäll, der sie alle mit seiner schmeichlerischen Miene hereingelegt hatte.

Als alle dort unten versammelt waren und der Feuerschein der Fackeln über die rauhen Wände irrlichterte und auf weiße Knochen und Schädel fiel, die im Sand liegengeblieben waren, wollte Njork zu sprechen anheben.

»Ich habe große Dinge zu verkünden«, sagte er.

»Du hast da was unterm Fuß«, sagte Spitjetettan.

Es war eine ernste Sache, den Häuptling zu unterbrechen, und es hätte für den Spitznasigen übel ausgehen können, wenn nicht tatsächlich alle gesehen hätten, daß unter Njorks linkem Fuß wirklich etwas war. Ein Gesicht. Freilich mit Sand bedeckt und mit geschlossenen Augen. Völlig grau und hutzelig.

»Verknasemadukelt!« sagte Gaupa. »Das ist doch diese elende Kreatur aus dem Fjäll. Dieser Fuchsschwengel. Das ist er! Der Scheißkerl, der die Gefangene bewachen sollte, aber verduftet ist, als es gefährlich wurde. Ich weiß nicht mal, wie er geheißen hat.«

Es waren nicht viele, die sich daran erinnerten, denn er hatte keinen Namen gehabt, als sie ihn zum erstenmal ergriffen hatten. Beim zweitenmal hatte er nur einigen wenigen erzählt, wie er hieß. Alle aber erkannten ihn wieder. Und ob sie ihn wiedererkannten! Sie scharrten ihn nun aus dem Sand und betrachteten ihn.

»Ist er tot, ist er tot?« tuschelte das Wolfsvolk in den Gängen, als es hörte, was sich da vorn im Feuerschein zutrug.

»Ich habe noch nie was Toteres gesehen«, sagte Spitjetettan.

»Das wage ich zu bezweifeln«, bemerkte jemand, und dann schleppten sie ihn zu einem der Ausgänge. Auf diese Weise kam Skymt hinauf an die Luft und begann nach Atem zu ringen. Jemand gab ihm ein wenig feuchtes Moos, an dem er saugen konnte, und das tat ihm gut. Er war jedoch recht schwach und hutzelig, als sie ihn hinunterbrachten, um ihn Njork vorzuführen. Dieser fand es sehr interessant, jemanden nach so langer Zeit lebendig werden zu sehen.

»Er muß immerhin seit dem Frühjahr dort gelegen haben«, sagte er. »Vermutlich weilte er im Totenreich.«

Niemand wußte, was das Totenreich war. Es traute sich auch niemand zu fragen, denn es klang schauerlich. So ein kleiner Kerl aber fragte:

»Wo liegt das?«

»Im Inneren des Fjälls«, antwortete Njork.

Es ging wie ein Seufzer durch die gesamte Schar unter der Erde, als sie an ein ganzes Fjäll voller Toter dachten. Nur Spitjetettan und Brinn steckten die Köpfe zusammen und flüsterten miteinander. Sie schienen sich keineswegs so sicher zu sein, daß Skymt die ganze Zeit über dort gelegen hatte. Ihr Geflüster machte ihn vollends hellwach.

»Wo bist du gewesen?« fragte Njork mit einer Stimme, die schwer wiederzuerkennen war. Er war sehr hochmütig geworden, seit sie sich zuletzt gesehen hatten.

»Weiß nicht«, erwiderte Skymt, denn nun galt es, gut zu lügen, das war ihm klar.

»Erinnerst du dich denn an nichts?«

»Nicht die Spur«, sagte er. »Aber ich sehe, daß Gaupa eine Menge Leute mitgebracht hat.«

»Was willst du damit sagen?« fragte Gaupa.

»Du solltest doch kommen und mich ablösen, sobald die Sonne über dem Månfjäll aufging.«

»ALLER WÖLFE MUTTER!« rief Njork. »Er hat keine Ahnung, daß der Sommer vorbei ist und daß der Fang, den wir gemacht hatten, verschwunden ist.«

Da sagte Skymt:

»Wo ist der Kerl denn hin?«

Das war anscheinend ganz listig gefragt, denn sogar Spitjetettan sah ihn nun mit anderen Augen an. Brinn sagte:

»Es war eine Sie, und es wurde wohl eine Raubtierbeute aus ihr. Du aber, du hast Glück gehabt.«

Eine geraume Weile drängten sich die Leute, um ihn anzusehen und sich über seine Errettung aus dem Totenreich zu wundern. Wie diese jedoch vor sich gegangen war, das verstand niemand. Wie konnte man sich, wenn man tot war, bergwärts und ins Innere des Fjälls begeben und trotzdem in einer Sandhöhle liegenbleiben? Da klatschte Brinn im Hohen Rat in die Hände und sagte, sie sollten jetzt die Klappe halten. Es gebe viele wunderliche Rätsel und Mysterien, die allein Njork, ihr Häuptling, und die Hohen um ihn herum, kennten. Sie sollten jetzt genau zuhören, denn ihr hoher Häuptling habe etwas zu verkünden. Und so setzte sich Njork wieder, und Eisenzotte, Messerzahn, Nagelpfote, Glutauge und Schwarzblut stellten sich mit Speeren in den Händen rings um ihn auf, und zu seinen Füßen setzten sich Gaupa, Brinn, Spitjetettan, Rötjukksa und Skrågg auf gefleckte Häute im Sand. Njork sprach streng und feierlich, und er sprach also:

»Große Zeiten nahen. Die Macht des Wolfes wächst mit jedem Tag. Und ihr werdet ein merkwürdiges Zeichen sehen.«

Was denn für eins, fragten sich viele im stillen, doch niemand wagte den Mund aufzumachen und zu fragen. Es war zu schaurig da unten in der Höhle. Der Feuerschein hüpfte über die weißen Schädel. Skymt, von dem sie glaubten, er sei tot gewesen und müsse deshalb ein Gespenst aus diesem schauerlichen Reich im Inneren des Fjälls sein, saß da und sah grau aus. Die Luft war allmählich verbraucht. Alle keuchten leicht, und ihnen schwirrte der Schädel.

»Vergeßt niemals diesen Augenblick«, sprach Njork.

Nein, den würde niemand vergessen. Sie wünschten nur, daß er bald zu Ende wäre. Gleichzeitig war es jedoch so feierlich, daß ihnen die Tränen in die Augen traten und das Herz hämmerte. Njork holte tief Luft, und dann sagte er:

»Der Wolf wird den Mond verschlingen.«

Sie tuschelten. War das möglich? Ulva, die einst durch ihren Wald gewandert war, groß und grau. Die trächtig gewesen war und in ihrer Höhle Welpen geboren hatte. Die des Nachts gebellt und mit ihren Jungen einmal derart geheult hatte, daß es ihnen durch Mark und Bein gefahren war. Ulva, die das Feld geräumt hatte, als Menschen kamen, und von der viele geglaubt hatten, sie nie wiederzusehen, was immer Njork und die Hohen um ihn herum auch sagten.

Nun sollte sie also zurückkommen und ein großes Zeichen setzen. Sie sollte den Mond am Himmel verschlingen. Denselben Mond, den sie in jener Nacht, die ihnen unvergessen war, angeheult hatte.

»Varjo nielaisse kuun. In einer geheimen Sprache, die niemand von euch versteht, habe ich das gehört. Ja, der Wolf wird den Mond verschlingen«, sagte Njork.

Skymt wollte sich am liebsten von allen Hohen und Großen fernhalten, als sie die Höhle verließen. Zum Glück waren da drei, die auf ihn neugierig geworden waren. Sie nahmen ihn zwischen sich und wollten ihn befühlen und hören, was er aus dem Reich im Inneren des Fjälls zu berichten habe. Sie hießen Urr, Skorr und Trödlkona. An diese drei hielt er sich und konnte auf diese Weise den gefährlichen Hoheiten entkommen.

Sie waren alte Weibsen und recht ruppig, aber weiter nicht bösartig. Urr kaute Harz. Skorr hatte ein dünnes Tannenstöckchen, mit dem sie sich den Schädel kratzte. Die namens Trödlkona hatte einen krummen Stock, auf den sie sich stützte. Damit stocherte sie herum, wenn irgend etwas sie neugierig machte, und es wurde ziemlich viel an Skymt herumgestochert, sowohl mit Trödlkonas Stock als auch mit Skorrs Tannenhölzchen.

»Wie war es da drinnen im Fjäll?« fragten sie. »Waren da Tote?«

»Weiß ich nicht«, antwortete Skymt.

»Nein, das habe ich mir schon gedacht«, sagte Urr und spuckte ins Moos. »Die reden wirre. Ist eins tot, dann ist es tot und sitzet in keinem Fjäll drin.«

»Sei dir da nicht so sicher«, entgegnete Trödlkona. »Es gibt vieles zwischen Himmel und Erde.«

»Und so manches darunter«, fügte Skorr hinzu.

Skymt durfte bei den drei Weibsen bleiben, die weitab von Ulvas Höhle hausten. Sie erzählten, sie lebten unscheinbar.

»Schon lange«, erklärte Skorr. Trödlkona dagegen meinte, schon immer.

»Seit Urgedenken«, sagte Urr.

»Wer ist Urgedenken?« fragte Skymt. Er erinnerte sich an Spitjetettans Worte, daß seit diesem schon Krieg sei. Doch die drei antworteten nicht. Sie erzählten lediglich, sie hätten Menschen gesehen, drei an der Zahl, die Beeren in ihre Heringseimer gesammelt hätten. Und davon werde man neu belebt. Skymt wußte nicht, was ein Heringseimer war, glaubte aber, nicht nach allem fragen zu können. Daß diese Weibsen so etwas wie Unscheinbare seien, konnte er nur schwerlich glauben, vorlaut und leicht boshaft, wie sie waren.

Nun, auf alle Fälle waren Menschen aus einem der Dörfer im Bergwald gewesen, drei alte Frauen genauer gesagt, und hatten den Wald mit ihrem Geschwatz erfüllt, das die drei Weibsen hier neu belebt hatte, so daß sie sich erinnerten, wie sie hießen, und auf alles mögliche Lust bekamen. So waren sie zu dem Tannenharz, dem Hölzchen und dem Stock gekommen. Jetzt seien sie so richtig in Schwung, erklärten sie.

Es gibt, wie gesagt, Menschen. Freilich sind sie

meist nicht so alt, wenn sie hoch oben im Bergwald Multebeeren sammeln. Daß es Tiere gibt, kann ja ein jeder sehen, der sich lange genug im Wald bewegt. Manche aber können auch die anderen sehen. Und drei alte Frauen mit Heringseimern sehen natürlich viel.

Skymt hatte ja selbst lange Zeit zu denen gehört, die nur wie ein Säuseln und Nässe und zudem weit, weit oben im Fjäll gewesen waren. Ihn hatte neu belebt, daß er sich talwärts begeben hatte. Während der Zeit mit Sjorhpa auf der blühenden Insel war er so voller Leben gewesen, daß er Hunger bekommen hatte. Als Sjorhpa von ihm fortgegangen war, hatte er aufgehört zu essen. Lediglich ein wenig getrunken hatte er und war so schwach und grau geworden, daß er mit knapper Not zu sehen gewesen war. Dann hatte er sich in dem Fuchsbau in den Sand gegraben und weder gegessen noch getrunken, und es war ein reines Wunder, daß sie ihn unter dem Sand hatten schimmern sehen können.

Es waren jetzt viele auf Trab. Oft hielten sie mitten in ihrem Tun inne und schauten nach oben. Alle warteten darauf, daß etwas Großes geschähe. Diejenigen, die sich an Ulva erinnerten, fragten sich, wie sie den Mond am Himmel würde verschlingen können. Diejenigen, die sie nie gesehen hatten, glaubten, sie sei sehr groß, sie wandle vielleicht im Himmel.

Die Abende waren nun dunkel. Wie Frost funkelten die Sterne dort oben. Es herrschten Warten und Dunkelheit. Das Wasser im Bach floß schwarz und schnell. Und in stillen Nächten konnte man Geknisper hören, wenn das Ebereschenlaub fiel.

»Das ist wohl Ulva«, sagten sie und schauten hinauf in die Schwärze, wo das Sterngefunkel Wesen und geheime Zeichen formte. Njork hatte gesagt, wenn der MOND im Sternbild des WOLFES aufgehe, sei es soweit. Dann werde es geschehen. Es war mucksmäuschenstill im Wald, und der Frost breitete Sterne und Speere aufs erste Eis.

Daß Skymt Kummer hatte, ahnten die alten Weibsen längst. Daß dieser groß und schwarz war, begriffen sie ebenfalls schnell.

»Du seufzt wie ein ganzer Tannenwald«, sagte die namens Urr. »Wenn du allein bist, rinnt es wie Regen aus dem Moos um dich herum. Daß es Tränen sind, begreifen wir wohl. Wenn du so weitermachst, wird noch alles sumpfig. Nun erzähl schon, worum es geht.«

Da erzählte er ihnen von Sjorhpa, daß sie fortgegangen und nie zurückgekommen war.

»Ach so, die«, sagte Trödlkona. »Sie ist früher immer am Bach oben rumgeschwanzt. Aber da hast du recht, das ist lange her. Sie ist jetzt wohl zu Hause bei den Ihren.«

»Die wohnen bei der Alm«, sagte Skorr. »Nicht in der Almhütte, die ist nämlich eingefallen. Sondern im Sommerstall. Ja doch. Das sind ordentliche Leute. Die passen bestimmt auf sie auf.«

»Aber es ist doch Bärenvolk«, versetzte Skymt.

»Bärenvolk und Wolfsvolk … skrrrrrr …«

Urr schnarrte, und es endete in einem: »Fffuiii … itt!«

»Sind es viele?« fragte Skymt.

»Da ist Jerspe, das ist ihr Vater und außerdem der Vater von vier Söhnen. Geh schon und such sie auf! Du mußt das Moor an der schmalsten Stelle überqueren. Dann ist dort eine Tanne, die sieht wie eine Lyra aus, und außerdem ein großer Ameisenhaufen. Da biegst du zu dem Bach hinunter ab, den du dort hören kannst und gehst dann bachaufwärts. Am Ende siehst du die Almweide.«

Skymt fand, daß sich das gefährlich anhörte. Außerdem hatte er keine Ahnung, was eine Alm war oder eine Almhütte. Auch eine Almweide oder einen Sommerstall kannte er nicht. Er hatte diese Wörter noch nie gehört.

»Sind dort Menschen?«

»Weder Menschen noch Tiere«, sagte Urr. »Mit derlei haben die aufgehört.«

»Aber das ist wohl mächtig weit weg.«

»Das ist ja das allererbärmlichste«, meinte Trödlkona. »Du meinst, du schaffst das nicht? Du mit deinen Fuchshaxen.«

Fuchshaxen zu haben, dem wollte er ganz und gar nicht zustimmen. Keine Fuchshaxen. Ein bißchen Fell an den Beinen vielleicht.

»Du hast Haxen, die zum Springen geschaffen sind. Jetzt geh schon. Bestimmt wartet sie nur darauf. Sie will doch keinen haben, der bloß am Bach hockt und seufzt.«

Skymt verabschiedete sich von ihnen. Sobald er zu springen anfing, fühlte er sich besser. Der Kummer wurde wieder schwarz und roh. Ihm gefielen ihre Worte über Gewimmer und Geseufze nicht. Diese drei kleinen alten Weibsen glauben zu wissen, was für ein Gefühl ich in der Brust habe, dachte er. Am Ende fühle ich mich noch so, wie sie es sagen. Weiß der Himmel, wohin das mit mir geführt hätte, wenn ich dageblieben wäre. Am Ende wäre ich noch so klein wie ein Hermelin gewesen.

Die weiten Sprünge im Moos und Moor taten ihm gut. Ihm stach nichts ins Herz, und es tat auch nicht so weh. Sein Kopf füllte sich mit leichten Gedanken, wenn er lief. Der WOLF wird den MOND verschlingen, dachte er. So was ist bedenkenswert, und darüber läßt sich reden. Wenn auch weniger gut erleben, vielleicht. Er verschlingt womöglich auch den Wald. Das weiß man nicht. Am besten, man flieht auf leichten Füßen. Na gut, Pfoten. Dieses ewige Gemoser über Haxen! Jeder darf doch wohl aussehen, wie er will. Es können nicht alle Füße haben. Obwohl es schön ist, wenn sie klein und weiß sind. Ich werde Sjorhpa vom MOND und vom WOLF erzählen, wenn ich sie bloß finden kann. Wir werden wie im Sommer dasitzen und miteinander reden. Das ist eine feine Sache.

Es munterte ihn auf, einen Unglückshäher zu sehen, der ihm ein weites Stück des Wegs folgte. Er erinnerte ihn an den Vogel, der ganz in Sjorhpas Nähe gewesen war, als er sie zum ersten Mal gesehen hatte. Der Vogel flatterte zwischen die Tannenzweige und verbarg sich, doch nach einer Weile lugte er wieder hervor. Da entdeckte Skymt die schwarzen Borsten um seinen Schnabel, und er dachte an Rötjukksa. Jetzt war er jedoch schon so weit weg, daß all die redseligen und böswilligen Hoheiten in ihren Höhlen ungefährlich wirkten.

Er passierte das Moor an der schmalsten Stelle.

Es war trotzdem ziemlich riskant, da sie offen war. Hoch über ihm rauschte ein Rabe. Skymt konnte seine Flügelschläge hören. Er hüpfte von einem Huckel mit Schönmoos und Rosmarinheide zum anderen. Da war der Boden ein wenig fester. Und unversehrt und noch leichteren Sinnes gelangte er auf die andere Seite. Über ihm ließ der Rabe sich vernehmen: Seinem Korren folgte ein klingender Ton, der Skymt vollends frohstimmte.

»Krrrr… oiiiink!«

Sjorhpa hört einen wunderlichen Raben rufen. Röpa kocht ein starkes Gift, doch den Eindringling wird man nicht los. Skymt ändert den Lauf der Welt, indem er redet.

Als Sjorhpa nach Hause gekommen und zu den Ihren hineingeschlüpft war, hatte sie sogleich ihren Namen verloren. Der Vater hieß Jerspe, so wie das Haselhuhn, und die Mutter Röpa, so wie das Schneehuhn. Die Brüder, vier an der Zahl, wurden nie anders als die Jerspen bezeichnet. Die Schwester nannten sie immer Schwänzchen.

»Hör mal, Schwänzchen, geh Wasser holen und trag den Jerspen, deinen Brüdern, auf.«

So hörte sich das an. Manchmal hatte sie mit dem Gedanken gespielt, sie heiße Schwänzchen. Sie wußte jedoch gleich, daß das nicht stimmte, denn Schwanz war kein Name. Es war etwas, was man hinten hatte.

Sie erzählte alles, was sie erlebt hatte, ziemlich wahrheitsgetreu. Sie sagte, sie habe sich am Bach die Füße gewaschen und das Wolfsvolk habe sie gefangengenommen und an Händen und Füßen gefesselt in eine dunkle Höhle gepackt. Es sei ihr gelungen, von dort zu fliehen. Wie, das sagte sie nicht. Die Jerspen meinten, das Wolfsvolk sei so dämlich, daß sogar ein kleiner Schwanz es überlisten könne. Sie widersprach nicht.

Sie erzählte nicht, daß sie einem begegnet war, der Skymt hieß, und daß sie den ganzen Sommer über mit ihm auf einer blühenden Insel verbracht hatte. Es erfuhr auch niemand, daß sie einen Namen erhalten hatte. Denn woher sollte sie den haben? Am klügsten war es, über diese Sache zu schweigen.

Jerspe und Röpa fanden es gut, daß sie zurück war, weil das Schwänzchen etwas war, was ihnen gehörte. Sie mochten sie recht gern und waren auch nicht hart zu ihr. Doch sie sollte bei ihnen sein und tun, was sie sagten. Sie gehörte schließlich ihnen. Ein Schwanz ist etwas, was zu etwas anderem gehört. Nicht mehr und nicht weniger.

Sjorhpa hatte darüber nicht viel nachgedacht, als sie noch jünger war. Sie hatte geglaubt, es verhalte sich so, wie sie sagten: Sie gehörte zu ihnen. Als sie jedoch angefangen hatte, an den Bach zu gehen, allein dort zu sitzen und sich in der schwärzesten Stelle des Wassers zu spiegeln, da hatte sie zu denken angefangen. Unter anderem, daß sie mit überhaupt niemandem zusammengehöre, wenn sie allein am Rand des Baches sitze. Sie dachte auch daran, daß ihr Haar dieselbe Farbe wie Kiefernrinde habe, wenn diese von der Abendsonne beschienen werde. Als sie einmal vom Bach nach Hause kam, sagte sie zu Röpa, sie wolle nicht mehr Schwänzchen genannt werden. Doch die Mutter lachte nur. Sie lachte nicht boshaft. Doch man merkte, daß sie es für kindisches Geschwätz hielt. Sie war das Schwänzchen. So war das nun einmal.

Rings um die Almweide, die mit giftigem blaulila Eisenhut überwuchert war, hatte Jerspe einen Kreis gezogen. Man konnte ihn nicht sehen. Aber er war da. Außerhalb dieses Kreises zu sein, war von Übel. Dort lachten die Birkendrosseln über alles, was man drinnen auf der Weide unternahm. Dort saß hoch oben auf einer Birke der Luchs und kratzte mit seinen Krallen an der Rinde. Dort liefen gefährliche Leute mit einer Wolfsflechte an der Mütze umher.

Sjorhpas Ansicht nach lachten und schackerten die Drosseln dort draußen ungefähr genauso wie in den Birken neben der Hütte. Außerhalb von Jerspes Kreis gehe der Fuchs um, sagte Röpa. Es war aber deutlich erkennbar, daß er auch über den Schnee der Almweide getappt war. Eines Winternachmittags zeichneten sich dort Fuchsspuren mit blauen Schatten ab. Da war ihr der Gedanke gekommen, daß es außerhalb des Kreises genauso sein könnte wie innerhalb. Sie sagte nichts davon. Sie dachte nur, sie werde sich ein Stückchen hinauswagen und sehen, was dann passiere.

Zunächst war nichts Schlimmes passiert. Sie hatte den Bach entdeckt. Und dort hatte sie ihren Namen erhalten. Einer, den sie nicht sah, hatte ihn ihr zugerufen. Dann ging es natürlich schief. Im Dunkel der Höhle lernte sie jedoch ihren Retter kennen. Skymt hieß er.

Sie hatte einen Kummer, der den Himmel schwer und grau machte. Er hing so weit herab, daß er die Berggipfel jenseits Hersens verhüllte. Er machte das Gras starr. Morgens war es haarig vom Frost.

Wenn es jetzt zu schneien anfängt, wird es Aschenflocken schneien, dachte sie. Ich gehe hier im Nebel umher und in meinem Inneren heult es. Es heult vor Sehnsucht. Doch niemand hört es.

Als sie eines Morgens auf die Weide kam, hörte sie einen Raben. Er hörte sich wunderlich an. Lange Zeit korrte es, und am Ende erklang ein: »Krrrrroiiink!« Und vielsagend hörte er sich an, so, wie wenn Raben miteinander sprechen. Doch sie sah keinen Raben. Und auch keinen zweiten, zu dem der erste hätte sprechen können.

»Geh nicht so nah an den Wald«, sagte Röpa zu ihr.

Und die Brüder:

»Bleib innerhalb des Kreises, Schwänzchen.«

Doch immer öfter:

»Krrrrroiiink!«

Das Korren und das Klingen. Sie hatte Lust zu antworten.

Eines Morgens tat sie es. Sie rief in den leeren grauen Himmel hinauf:

»Krrrriiiiingk!«

So gut sie es eben konnte. Einen Raben kann das keineswegs täuschen, dachte sie. Erhielt jedoch eine Antwort:

»Krrrrrrrrooooooo… iiingk!«

Da verstand sie.

Frostdaunen in einem alten Heringseimer. Ein feiner Belag aus weißem Eis auf dem Hufeisen im Gras. Der Winter begann in Wasserlachen, breitete dünnes Eis und Sterne darüber. Am ersten Morgen war das Eis seimig. Doch dann wurde es fest.

Wenn jemand darauf trat, splitterte es, und der Winter mußte von vorn anfangen. Er hatte genügend Zeit. Noch war nicht alles Laub von den Ebereschen und Birken und Espen gefallen.

Ständig sprachen in den klaren Morgen zwei Raben miteinander.

»Krrrrrrr ... kliiingk ... krrrrr ...«

»Korrrj!«

Alles konnten sie einander in dieser korrenden und klingenden Sprache sagen, die ins Fjäll fortrollte. Es gab ein Echo. Und dann folgte ein neuerliches Klingen oder Korren. Auf den zerbrochenen Fensterscheiben der Almhütte wuchsen Blumen und Moos aus Frost. Die Kälte streute Federn auf Glas und rostiges Eisen, baute aus den Gräsern Speere. Der Nebel hatte sich längst gehoben. Sjorhpa war selig von der Kälte und der klaren Luft, von der Rabensprache! Wenn sie jedoch dieser Rabenstimme antwortete, versteckte sie sich gut. Niemand durfte wissen, mit wem sie sich unterhielt, nicht einmal, daß sie es war, die da sprach.

Denn nun wurde Jerspe allmählich böse.

»Dieses Rabenaas!« rief er. »So ein höllischer Lärm!«

»Das sind zwei höllische Rabenaase«, sagten die Jerspen. »Der aus dem Wald hat allerdings zuerst gerufen. Wer, zum Teufel, hat je von einem Raben gehört, der auf einem Baum im Wald sitzt und ruft? Der ist verrückt!«

Der Rabe sprach jedoch schön. Und Sjorhpa antwortete.

Da schleppten die Jerspen einen toten Hasen aus dem Wald herbei. Er hatte Blut im Maul. Sie sagten, der solle Rabenfutter werden. Da flatterte Sjorhpas Herz wie ein Flügel. Sie warnte mit langen Rufen.

Sie wußte, wie es klingen mußte, denn der erste Rufer hatte andere Raben angelockt, die zunächst aus Neugier und dann voller Verwunderung über der Almweide segelten. Sie hörte ihnen genau zu.

Die Eisenhüte waren welk und ihre Helme eingefallen. Nun wurden sie braun vom Frost. Jerspe grub die Stengel mit den großen, welken Blättern aus und stieß auf die Wurzelknollen. Er sagte, sie seien voller Gift, und grinste, als er sie vorwies. Früher nannte man diese Blume Wolfstod. Jetzt sollte sie Rabentod werden.

Unter dem Steinsockel des Sommerstalls kochte Röpa das Gift aus den Knollen. Sie kochte und schäumte ab. Ein stickiger Geruch drang unter dem Sockel hervor. Nach langem Kochen wurde er bitter. Sjorhpa versuchte hinunterzukommen, um zu sehen, was Röpa tat. Sie kratzte an den Steinen und rief.

»Wer ist da?« fragte Röpa streng, denn das, was sie dort unten tat, war geheim.

»Ich bin es, Sjo…«

Es fehlte nicht viel und sie hätte ihren Namen genannt. Sie hatte ihn nämlich wiederbekommen, als der wunderliche Rabe im Wald zu rufen begonnen hatte. Sie mußte sich nun hüten, ihn zu verraten.

Als die Giftkocherei zu Ende war, durften die Jerspen unter den Sockel kommen und den Eisentopf, einen alten Dreifuß, hinaustragen. Auf seinem Grund befand sich ein brauner, ziemlich dicker Teig. Jerspe hatte den Hasen abgebalgt, nahm nun den Giftmansch und schmierte dessen Leib ganz sorgfältig damit ein. Dabei grinste er fortwährend, so daß man seine Zähne sah. Am Abend legte er den Hasenkadaver auf die Weide, weit unten zum Bach hin. Dann wollten sie darauf warten, daß die Raben kämen, davon fräßen und sich vergifteten. Vor allem jener Rabe, der gegen jegliches Gesetz auf einer Tanne im Wald rief.

Daß dieser von dem Hasen nicht angelockt würde, das wußte Sjorhpa. Sie wollte aber auch nicht, daß einer der anderen Raben, die auf schwarzen, rauschenden Flügeln über die Almweide glitten, vergiftet würde und stürbe. Nicht, weil sie etwas mit ihnen zu schaffen hatte oder sie verstehen konnte. Doch sie fand, sie sollten leben können. Deren Leben hatte vielleicht einen Sinn, den sie nicht kannte. Sie klangen oft klug, und daß sie miteinander sprachen, konnte alle Welt hören.

Sie hatte gelernt, wie deren Warnruf klang, denn er ertönte jedesmal, wenn die Jerspen oder der Vater herauskamen. Jetzt ließ sie ihn vernehmen, als einer der Raben aus der Luft herabtauchte und über dem vergifteten Hasenkadaver kreiste. Er rüttelte und verschwand mit gellendem Ruf.

Sjorhpa brauchte nie wieder zu warnen. Immer wenn ein Rabe sich der Weide näherte, vernahm sie den gellenden Ruf aus dem Wald. Schließlich kamen die Raben nicht mehr. Nur der Rufer im Wald war noch zu hören, allerdings ganz selten. Sjorhpa begriff, daß auch er gewarnt war.

An einem klaren Abend ging der Mond am Himmel auf. Seit Njorks Weissagung hatten viele ihn durch Wolkenfetzen verfolgt. Doch er war aufgegangen und hinter den Höhenrücken verschwunden, ohne daß sich etwas Merkwürdiges ereignete. Dann war er lange fort gewesen, und nun kam er wieder. Es war der alte, gewöhnliche Mond, der, stockfleckig und häßlich wie eh und je, seine Bahn zog. Ein Wolf hatte sich ebenfalls nicht blicken lassen, weder am Himmel noch im Wald.

Doch dann kam dieser klare Abend. Als der Rand des Mondes über den zottigen Tannen auf dem Rukammen auftauchte, war er grünweiß vor Kälte. Es gab viele, die glaubten, er sei aus Eis. Hinterher sagten etliche, sie hätten das Gefühl gehabt, in eben dieser Nacht werde etwas geschehen. In der Rinde der großen Tannen knackte es. Es war die erste richtige Kälte, die das Holz auf die Probe stellte. Der Boden unter den Tannen war fleckig und frostig. Noch kein Schnee. Doch wunderliche Schatten waren da, sie flatterten, obwohl sich die Wipfel der Bäume nicht regten; der Wind schlief oben im Fjäll, und man konnte die Eisfüchse singen hören. Ihr Geheul ging bald in heiseres Kläffen über.

Niemand verkannte es. Das hörte sich nicht wie von Wölfen an. Trotzdem richteten sich die Gedanken auf den Wolf. War es jetzt soweit? Würde Ulva kommen?

Niemand konnte wohl so einen Eisklumpen wie den Mond verschlingen?

Zumindest niemand im Wald.

Wie groß war Ulva eigentlich geworden?

Manche lachten, allerdings heimlich.

Da sahen sie, daß dem Mond ein Stück fehlte. Eine Kante. Im ganzen Bergwald wurde es absolut still, es knisperte vor Stille in Holz und Stein. Ganz, ganz langsam wurde der Mond kleiner. Er schrumpfte vor ihren Augen.

Obwohl, das macht er doch immer, dachte jemand. Aber nicht derart schnell. Nicht so auf einmal in einer einzigen kalten Nacht, daß man ihn Stück für Stück verschwinden sehen kann.

Wenn der Mond nun verschwindet –

Kann denn alles mögliche verschwinden? Können die Bäche verstummen? Ist jetzt alles zu Ende?

Viele weinten. Sie waren jedoch so ängstlich, daß sie es leise zu tun versuchten. Sie glaubten nicht, daß ihnen jemand helfen oder erklären konnte, was dort oben geschah. Sie dachten sogar, es könnte ein mächtiges Wesen verärgern, wenn ihr Weinen bis hinaus in den Weltraum zu hören wäre.

Und der Mond wurde kleiner und kleiner, bis er nur noch wie eine scharfe weiße Scherbe war. Dann wurde auch dieser letzte Splitter langsam von der Schwärze aufgefressen. Sie kamen sich alle vor, als wären sie im Reich der Toten im Inneren des Fjälls gefangen. Niemand wagte sich zu bewegen.

Njork hatte die ganze Zeit über von seiner Wache umgeben dagesessen, diesen Kerlen mit den starken, jungen Körpern, die er Eisenzotte, Nagelpfote, Messerzahn, Glutauge und Schwarzblut nannte, und den Hohen Alten Brinn, Gaupa und Skrågg sowie den etwas weniger hohen Rötjukksa und Spitjetettan. Er war so erfüllt von dem Großen, das sich dort draußen in den Sphären abspielte, daß er fror und in seinem Kopf alles rund ging. Ich besitze eine mächtige Wahrsagekraft, dachte er. Sie ist größer als alles in der Welt. Mein Kopf ist wie der Weltraum. Ich gebiete über alles und kann sagen, was in der Zukunft geschehen wird. Alle müssen mich fürchten und zu mir halten, wenn es ihnen wohl ergehen soll.

Er verstand nicht, wie er so lange Zeit weit unten in einem der Dörfer unterhalb des Rukammens in einem Erdhaufen hatte leben können, ohne eine Ahnung davon zu haben, welche Kräfte er besaß. Denk nur, sagte er zu sich selbst, wie ich den großen Knall in Ulvas Höhle herbeibefohlen habe, der der ganzen Welt fast ein Ende gesetzt hätte. Und dann dachte er: Wenn es mit der Welt diesmal zu Ende ist … Wenn Ulva alles Licht verschlingt …

Da wurde ihm angst.

Es gab einen kleinen Gedanken, den er selten dachte. Der lautete: Krikk, krikk, krikk. Doch jetzt kümmerte er sich nicht mehr um ihn, denn am Himmel tat sich etwas. Die weiße Scherbe kehrte zurück und leuchtete wie brennendes Eis. Ganz, ganz langsam wurde der Mond größer.

Ja, er kam zurück!

Sie schrien. Viele rollten sich in dem frostigen Moos und schrien und sangen und pfiffen.

»Wir leben!« schrien sie. »Ulva hat uns den Mond zurückgegeben!«

In der Nacht, als der Mond so lange verschluckt war, daß viele schon glaubten, die Zeit sei zu Ende, saß Sjorhpa mit Skymts Armen um sich und sah das alles geschehen. Die Jerspen und ihr Vater starrten sogleich nach oben, als der Mond langsam verschlungen wurde. Sie merkten nicht, daß Sjorhpa zum Bach hinunter verschwand.

Dorthin ging sie ja täglich, um Wasser zu holen. Ihre Füße hatten einen schmalen Pfad ins Gras getreten. Als der erste Schnee fiel, konnte man ebenfalls genau sehen, wo sie gegangen war und auch, daß sie um den Hasenkadaver einen großen Bogen gemacht hatte. Im Wasser des Baches aber, das über glatte Steine tanzte, konnte niemand eine Spur entdecken. Sjorhpa hüpfte von Stein zu Stein, über Jerspes unsichtbaren Kreis hinaus und zu einer großen Tanne, deren Wurzeln bis an das Ufer reichten. Aus dieser Tanne kam das schöne und unwiderstehliche Rufen, das nicht verstummt, jedoch seltener und vorsichtiger geworden war, seit die Jerspen das mit Gift beschmierte Aas ausgelegt hatten.

Die untersten Äste der Tanne erstreckten sich weit und umgaben den Stamm wie eine große Glocke. Darunter traf sie sich mit Skymt. Ihnen blieb wenig Zeit. Sjorhpa konnte nicht zu lange fortbleiben, denn zu Hause dachten sie, sie sei lediglich unten am Bach und hole Wasser. An dem Mondabend aber war sie lange bei Skymt. Niemand dachte da an Schwänzchen.

Danach gab es wieder nur kurze Begegnungen und atemloses Reden. Es hörte sich fast wie das Wasser im Bach an, und das war ein Glück, denn einmal kam Jerspe an den Bach, stand da, horchte und wirkte nachdenklich. Sjorhpa huschte rasch zurück, nachdem er verschwunden war, doch sie hatte Mühe, zu erklären, weshalb sie einander nicht begegnet waren. Sie waren doch denselben Weg gegangen, und Sjorhpa war nirgends abgewichen. Von Glück war es auch, daß so viel über den Mond und den Krieg und alle großen Veränderungen geredet wurde. Niemand hatte Zeit, über Schwänzchen und das, was sie am Bach trieb, nachzudenken.

»Stell dir vor, wie groß und mächtig Njork jetzt sein wird«, sagte Sjorhpa zu Skymt, als sie unter der Tanne saßen und sich miteinander unterhielten. »Wenn er sagen konnte, daß der Mond verschlungen werden wird, hat er wohl auch Kräfte, das Wolfsvolk den Krieg gewinnen zu lassen. Dann wird es schauerlich für uns. Er läßt womöglich die Almhütte und den Sommerstall und das Kochhaus und alles niederbrennen.«

Für Skymt waren die Bretterschuppen und eingefallenen Holzbuden, für die Sjorhpa unterschiedliche Namen hatte, lediglich Erhebungen, kantiger als erdfeste Steine, doch wie diese mit silbergrauen oder grünen Flechten überzogen. Es waren Blitze in einer zerbrochenen Glasscheibe, wenn die Sonne aufging, und der Schimmer eines Mauswiesels oder Hermelins, das zwischen die Steine eines eingestürzten Erdkellers huschte. Wenn der Schnee sich auf ein zerfressenes Schindeldach legte, war es, als hätte es einem schlafenden Tier das Fell beschneit. Skymt wußte nicht, wozu die Blecheimer ohne Boden einst benutzt worden waren, und verstand nicht, weshalb jemand auf einem dreibeinigen Hocker gesessen hatte. Dieser war umgekippt und reckte zwei

Beine in die Luft, das dritte war abgebrochen. Vor der Hütte stand ein eiserner Herd, rot und schorfig vor Rost. Auf seiner Platte waren keine Ringe mehr, und aus den Feuerlöchern schossen Grasbüschel auf. Das Gras war jetzt welk und mit Frostdaunen überzogen. Moos, Frost, Flechten, Eisstacheln – sie überwucherten das Holz und das Eisen, die Glasscherben und die Steine. Würde es nun brennen, machte das in Skymts Augen nicht so schrecklich viel aus. Ein Brand könnte ja vielleicht auch Jerspes unsichtbaren Kreis austilgen und Sjorhpa endgültig freigeben.

»Aber vielleicht ist Njork gar nicht so mächtig, wie er behauptet«, sagte sie. »Meine Brüder meinen, daß es keineswegs seine Worte gewesen seien, die bewirkt hätten, daß es in Binnens Winterlager geknallt habe.«

So nannte sie natürlich Ulvas Höhle. Sie gehörte schließlich zum Bärenvolk. Zumindest in dieser Hinsicht. Er hörte ihr genau zu, als sie sagte:

»Die Jerspen haben behauptet, daß ein grünes Ei in der Höhle gelegen habe. Und an dem Ei sei ein Ring gewesen. Irgend jemand hat dann zufällig an dem Ring gezogen. Und da hat es geknallt, so daß beinahe alles zu Ende gewesen wäre.«

Das braucht nicht unwahr zu sein, selbst wenn es von den Bären kommt, dachte er. Und da war noch etwas, was sich für Njork nicht gut ausnahm. Wenn man es drehte und wendete. Und das hatte Skymt lange getan. Er beschloß, Urr, Skorr und Trödlkona zu fragen, ob sie etwas über die Worte wüßten, die Njork damals, als es knallte, gesprochen hatte.

»Njork lügt vielleicht, was seine starken Worte betrifft«, sagte Skymt, als er bei den drei Weibsen im Moos saß. Da hielt Urr einen reichlich krummen Finger in die Höhe und nickte. Skorr sagte:

»Noch eins!« und hielt ebenfalls einen Finger in die Höhe.

Skymt überlegte ein Weilchen.

»Krikk, krikk, krikk«, sagte er schließlich. »Das sind keine starken Worte. Und von denen knallt es auch nicht. Denn das ist Kack.«

Urr spuckte Harz aus, zischte und schüttelte sich vor Lachen.

»Kack, kack, kack!!!«

»Noch eins!« sagte Trödlkona. Nun hielt auch sie einen Finger in die Luft. Doch jetzt wurde es schwierig.

»Noch eins! Noch eins!« hetzte Trödlkona.

Doch Skymt wußte jetzt nichts. Da fuchtelte sie mit ihrem Finger vor seiner Nase und sagte:

Skrågg ist Wolf
und Wolf ist Ulv
und Ulv ist Nölhke!
Doch Varjo …

Sie setzte ihm ihren harten Finger auf die Brust. Er fühlte sich wie ein Tannenstöckchen an.

»Varjo ist ein …«

»Schatten!«

Skymt murmelte die Worte, die sie aufgesagt hatte. Er begriff, daß sie wahr waren. Trödlkona behauptete immer, sie könne in der Sprache, die die Finnen im Wald sprächen, Zauber treiben. Er war sich da nicht so sicher, daß sie das konnte. Doch sie wußte, was die Worte in dieser Sprache bedeuteten.

Die Kälte stand still über dem Wald. Am Lomtjärn gab es eine Stelle, wo das Wasser des Baches sonst immer vom Berg in den See herabfloß. Nun fror es in dicken, trüben Strängen an den Felsen. Schließlich war es ein Wasserfall aus graugrünem Eis. Die Zeit war dort stehengeblieben.

Skymt schien es, als ereigne sich nichts. Alles hatte sich schon ereignet und war zum Stillstand gekommen: Spuren von Pfoten, Ritzer von Krallen im Schnee. Mitten auf dem See ein von Renen getrampelter Kreis und auf dem Schnee verstreut ihre braunen Kügelchen und rauhen Haarbüschel. Nun waren sie fort. Alle versteckten sich. Es war durchdringend kalt unter den Tannen.

Unter einer großen Tanne stieß er auf zwei ganz erbärmliche Kreaturen. Er war am Abend unter den Baum gekrochen und hörte nach einer Weile ein Atmen und Rascheln. Ihm wurde nicht angst, denn es war zu hören, daß es den anderen so erging. Zweien, die atmeten.

»Was seid ihr für welche?« fragte er.

»Geht dich das was an?«

Er erkannte augenblicklich Spitjctettans Stimme und gleich darauf Rötjukksas:

»Das ist dieser kleine Scheißkerl aus dem Fjäll.«

Da wurden sie wieder forsch. Verhältnismäßig. Doch als es tagte, bemerkte er ihre Erbärmlichkeit. Strähnig, zerlumpt. Sie sprachen pfeifend, weil ihnen Zähne fehlten. Ihre Münder wund waren. Die Finger klamm.

»Seid ihr nicht mehr bei Njork?«

»Njork kann uns doch gestohlen bleiben!«

Da begriff er, daß sie nicht mehr zu den Hohen und Großen gehörten. Sie waren in den Wald vertrieben worden. Er bat sie, etwas über ihr Los zu erzählen, doch sie hatten nicht viel zu sagen. Durch ihre schadhaften Zähne pfiff es. Obwohl es ein klarer Tag war, mit hochstehender Sonne und tiefblauen Schatten auf dem Harsch, hatte er Mühe, sie unter der Tanne zu sehen. Sie waren grau.

»Unsere Tage kommen schon noch«, sagten sie. Freilich ohne Überzeugung.

Womöglich machte es ihn unvorsichtig, ihr Elend zu sehen. Je schwächer diese beiden waren, je jämmerlicher und verfrorener, und je spitzer es aus ihren Mündern pfiff, so hätte er bedenken müssen, desto stärker waren die Hohen und Mächtigen, und unter ihnen vor allem Njork. Viel Macht war ihnen beiden genommen und von Njork verschlungen worden. Das hätte er bedenken müssen. Doch er rannte über den Harsch und dachte an gar nichts oder an Sjorhpa, mit der er sich am Abend treffen wollte.

Da wurde er umzingelt. Himmel, Arsch und Wolkenbruch! Sie stellten ihn an den lyrenförmigen Stamm einer Kiefer, setzten ihm spitze Stöcke auf die Brust. Er war froh über seine dicke Jacke aus Fellstück auf Fellstück auf Fellstück. Es waren Messerzahn, Eisenzotte, Nagelpfote, Glutauge und Schwarzblut, die gesamte Garde, mit unbewegten Gesichtern.

»Jetzt haben wir dich doch noch erwischt, dich kleines Schleimekel!«

»Du hast dich davongemacht. Jetzt wirst du vor Njork, dem Hohen, Rede und Antwort stehen.«

»Ach ja, ist er jetzt so hoch?« fragte Skymt und merkte, daß seine Stimme piepsig wurde, wenn Stöcke auf seine Brust gerichtet waren. »Was hat er denn so Merkwürdiges vollbracht? Dieser Knall in Ulvas Höhle, der soll ja aus einem grünen Ei gekommen sein.«

»Hüt dein dummes Maul! Gleich stoße ich dir diese Spitze in den Hals.«

»Warum denn? Willst du nicht die Worte hören, die Njork gesprochen hat? Dann siehst du, daß die Erde nicht untergeht.«

Sie piekSten ihn nur noch fester in die Brust.

»Traut ihr euch die Worte nicht zu hören? Die kann man vor kleinen Lämmern aufsagen. Er hat sich nicht getraut, sie aufzusagen. Nicht richtig. Er hat drei Wörter ausgetauscht.«

Skymt wurde schwindlig, während er redete. Doch er mußte weiterreden. Sonst war es wahrscheinlich aus mit ihm. Die Stöcke waren geschärft und hatten geglühte Enden, so daß ihre Spitzen schwarz und hart wie Eisen waren. Glutauge bohrte mit seiner Spitze jetzt an Skymts Herzen.

»Krikk, krikk, krikk!« rief Skymt. »Wißt ihr, was das bedeutet? Kack bedeutet das. Kack, kack, kack, mit Njorks starken Worten. Soll ich sie hersagen?«

Doch sie meinten, das solle er schön bleiben lassen. Jetzt haben sie Angst, dachte er. Sie haben vor diesen Worten Angst. Und weil diese Worte in mir sind, darum haben sie Angst vor mir. Daran mußte er denken, als die Spitzen durch das Fell drangen.

»Wollt ihr einen guten Vers hören?«

Endlich ließ der Druck nach. Schwarzblut stellte seinen Stock ab. Sein Gesicht, das sich nie regte, schien ein Stück weiter weg zu sein als vorher. Glutauge lockerte die Spitze, die er an Skymts Brust hielt. Es waren jetzt Löcher in seiner Jacke. Nagelpfote, der auf Skymts Auge gezielt hatte, ließ die Spitze seines Stocks in den Schnee sinken. Schwarzblut nahm die scharfe Zinke von Skymts Hals, und Messerzahn versetzte ihm mit seinem Stock eins über die Beine.

»Sprich schon, du Pißschwanz.«

Und Skymt sprach:

Skrågg ist Wolf
und Wolf ist Ulv
und Ulv ist Nölhke.
Doch Varjo ist ein Schatten!

Die großen Gesichter der Kerle waren starr. Doch sie leckten sich die Lippen. Sie senkten die Köpfe. Man sah, daß sie nachdachten. Und Glutauge murmelte:

»Varjo ist ein Schatten ...«

»Sag das noch einmal auf«, forderte er dann.

Und Skymt tat es. Er sah Glutauges volle Lippen sich bewegen.

»Noch einmal. Aber leiser.«

Er trat näher an Skymt heran und legte sein Ohr an dessen Lippen. Abermals sprach Skymt die Worte. Und jetzt setzten sich die Worte in Glutauges Kopf fest.

»Und vergiß nicht«, sagte Skymt, »wenn du

durch diese Worte mächtig geworden bist, und das wirst du, das prophezeie ich dir, du wirst dessen gedenken, der sie dir als ein Freund gab.«

Er war sich nicht sicher, daß Glutauge ihn verstand. Doch er würde schon noch verstehen. Zu gegebener Zeit.

»Du wirst groß und mächtig sein«, sagte Skymt. »Das prophezeie ich dir. Deine Arme werden stark sein wie Eisen. Wenn du sprichst, wird der Wald schweigen. Dein Herz wird hart sein wie Stein. Dann gedenke meiner, der dir all dies prophezeit hat.«

Skymt will wissen, ob es unterhalb des Rukammens noch Tannen und Birken gibt. Im Wald und auf dem Fjäll wird es zur selben Zeit warm, und das Frühjahrshochwasser trennt Skymt und Sjorhpa voneinander. Am Lekattsvattnet erblickt ein Lebewesen das Licht der Welt.

Skymt wollte, daß Sjorhpa in einer mondklaren Nacht Jerspes Kreis überschritte und zu ihm käme. Und in dieser Nacht, die am besten so kalt sein sollte, daß harter Harsch den Schnee bedeckte, sollte sie ihm folgen, fort von der Tanne am Bach und von der Almweide, von ihren Eltern und ihren Brüdern. Skymt und sie würden auf dem Harsch rasch und leicht weit, weit fortgehen. Und dann würden sie immer zusammensein.

Das wollte sie sehr gern. Sie wußte, wie leicht sie laufen, wie eng beieinander sie schlafen würden, wie er seine Arme um sie legen und ihr etwas ins Ohr flüstern würde. Doch dann wäre alles verschwunden, was auf der Almweide je geschehen war.

»Vielleicht«, sagte Skymt. »Aber man kann darüber reden. Das tust du doch immer. Und es gibt Lieder darüber.«

Allerdings hatte er nie eins gehört. Er wußte auch nicht recht, was da eigentlich verschwunden wäre und was daran so besonders war. Ihm war anzuhören, daß er glaubte, es zu missen sei eine Leichtigkeit.

Als eine kalte Nacht kam und Sjorhpa auf dem Schnee Eiskörner glitzern sah und Jerspe, Röpa und die Brüder im Schlaf schwer atmen hörte, da wußte sie, daß sie sich aufmachen müßte, um mit Skymt über den Harsch zu laufen und immer mit ihm zusammenzusein. Doch dann würde sie Röpa nie mehr von dem sprechen hören, was es nicht mehr gab.

Sie versuchte Skymt davon zu erzählen. Wie es früher auf der Almweide gewesen war. Daß die Deerns die Viecher jodlig gelockt hatten. Er verstand nicht, was sie sagte. Viecher waren Kühe, doch er hatte noch nie Kühe gesehen. Und sie konnte jetzt auf keinen Fall jodlig locken, damit er hörte, wie das klang. Das wäre schließlich bis zu den Jerspen zu hören, und dann würden sie dahinterkommen, daß Sjorhpa weit außerhalb des Kreises war.

»Es waren weiße Kühe mit glatter Stirn, ohne Hörner«, erzählte sie. »Aber die sind jetzt weg. Schwarz gescheckt waren die, und keine war wie die andere. Die Kühe waren so lieb, daß sie schöne Namen kriegten. Die schönsten, die den Leuten einfielen. Goldrose und Silberfein. Und die Ziegen waren so gutmütig und so zutraulich. Die hießen Goldsproß und Rosi und Äpfelchen und Silberklecks. Und die Milch war dick und gelb vor Rahm. Sie haben sie gerinnen lassen, die Molke rausgepreßt und in Formen daraus Käse gemacht, und dann haben sie die Molke gekocht, bis sie braun und süß war, das haben sie Molkenkäse genannt.«

»Wozu sollte das gut sein?« fragte Skymt. Er fand, sie hätten sich ein paar Tropfen melken können, wenn sie durstig waren, und die Kühe ansonsten in Ruhe lassen. Er fand es ein Glück für die Kühe, daß die Menschen aufgehört hatten, sie auf der Almweide zu halten und ihnen die Milch aus den Eutern zu zapfen.

»Weiß nicht so recht«, sagte Sjorhpa. Sie wußte nicht, wie sie ihm erklären sollte, daß sie gern mehr von dem hören wollte, was verschwunden war. Für ihn gab es so etwas nicht.

Das, wovon niemand weiß, ist vielleicht nie geschehen, dachte sie. Oder ist es nicht so? Sie mußte ihn unbedingt fragen, denn er war in vielerlei Hinsicht gescheit.

»Das, wovon niemand weiß, ist das geschehen?« fragte sie.

Er antwortete, daß er darüber nachdenken müsse. Es war gar nicht so leicht, zu wissen, wie das mit dem war, wovon niemand wußte oder woran sich niemand erinnerte.

»Früher hatten Leute wie wir ebenfalls Kühe und Ziegen«, sagte sie. »Freilich kleinere. Ich glaube, einige haben ihre Tiere noch. Aber die sind jetzt noch kleiner und so grau, daß sie schwer auszumachen sind. Man meint, es handelt sich nur um Nebelbäuschchen im Moor. Aber man kann die Glöckelchen hören, wie sie bimmeln. Und wenn sie die Viecher jodlig locken, dann hört man es ganz weithin. Schade nur, daß die Bäche murmeln und die Tannen säuseln müssen, da hört man es schlecht. Früher haben wir Prachtvolles sehr gern gemocht und es nicht lassen können, einen prächtigen Vogel nachzumachen, wenn wir einen gesehen haben. Wie etwa einen Nußhäher. Da haben sich die Männer prachtvolle Mäntel mit schwarzem und blauem Revers und weißer Knopfreihe angeschafft. Da hatten die Viecher ein Silberglöckelchen und die Ziegen ein lackrotes Band um den Hals. Und die kleine Frau hatte Schnürsenkel aus perlenbestücktem Riedgras. Aber jetzt haben wir keine prachtvollen Gewänder mehr. Wir sind fast nur noch grau.«

Alles war nun verschwunden, wovon Röpa erzählt hatte. Und dann waren da die Lieder. Sjorhpa beschloß, in diesem Winter sehr genau den Liedern ihrer Mutter zu lauschen, damit sie sie nicht vergäße. Alles, was Röpa wußte, würde sie sich genau einprägen. Erst wenn sie sicher wäre, daß die Mutter nichts mehr zu erzählen hatte, würde sie mit Skymt fortgehen.

Es war jedoch schwierig, ihm das zu erklären. Da wurde er so traurig. Es war leichter, zu sagen, der Harsch sei zu dünn oder die Kälte zu streng.

Sie wurde ebenfalls traurig. Es kam vor, daß er nicht unter der Tanne war, wenn sie über die Steine im Bach gesprungen war. Sie wartete lange, doch er kam nicht. So konnten etliche Tage vergehen. Da glaubte sie, die Zeit sei in der Kälte stehengeblieben. Es tropfte nicht einmal. Im Bach bewegte sich das Wasser jedoch weiterhin in kleinen, schwarzen Strudeln. Das schorfige Eis rückte immer näher. Es türmte sich zum Wasser hin auf. Bald gerät es ins Stocken, dachte sie. Dann wird Skymt auch einer sein, der verschwunden ist.

Eines Morgens aber hörte sie seinen Rabenruf wieder. Er hatte viel zu erzählen. Njork sei vertrieben worden. Er sei jetzt eine jämmerliche und elendige Gestalt. Er hungere hinter einer Felswand draußen im Bjekkertjärn. Sjorhpa fand es schauerlich, zu hören, daß eine solche Hoheit, deren Kopf voll mächtiger Worte gewesen war, ein elender Lump werden konnte.

»Das ist der Lauf der Welt«, sagte Skymt.

Sie verstand, daß Skymt den Lauf der Welt selbst geändert hatte, indem er ein paar sehr starke Worte gesprochen hatte. Glutauge war jetzt Häuptling, und er wollte Skymt bei sich haben. An seiner Mütze steckte jetzt wieder eine Wolfsflechte.

»Am besten, man läßt ihm zukommen, was er haben will«, sagte er. »Er versteht keinen Spaß. Und man darf ihn nicht geradeheraus ansehen.«

Es seien viele Leute aufgetaucht, die vorher unscheinbar gewesen seien. Sie kämen aus dem Schatten, sage Glutauge. Zu Njorks Zeiten hätten sie sich Wolfsvolk genannt, doch das beruhe darauf, daß sie gewisse hohe Dinge am Himmel nicht verstünden. Glutauge wolle nun Hilfe haben, diese Dinge allen, die hervorgekommen seien, zu erklären. Daß es der SCHATTEN sei, der das LICHT verschlungen habe. Daß der SCHATTEN am mächtigsten sei.

»Sprichst du solche Worte?« fragte Sjorhpa.

»Ja, etwas in der Art«, antwortete Skymt. »Ich muß doch.«

Keiner der richtig Hohen, weder Schwarzblut noch Nagelpfote, noch Eisenzotte, noch Messerzahn, noch Glutauge selbst verfügten nämlich über Worte, die der Rede wert waren. Sie waren sehr stark, und alle fürchteten sie. Doch es fiel ihnen schwer, zu erklären, weshalb sie so mächtig waren.

Die Almweide war jetzt eben und weiß, und auf der obersten Schneeschicht sah man flache Eiskristalle, die wie Spiegel zur Sonne hin standen. Darin blitzte es, so wie es auch in dem zersplitterten Spiegel im Fenster der Almhütte blitzte.

Unter dem Schnee befand sich der braune Mansch, der im Sommer ein Wald aus Eisenhüten gewesen war. So sei es auf der Weide nicht immer gewesen, sagte Röpa. Die Mäuler der Kühe hätten das Gras auf der Weide so hübsch und säuberlich abgeweidet, daß etwas Grobes überhaupt nicht habe aufsprießen können. Und danach seien die Ziegen gekommen und hätten dafür gesorgt, daß sich dort keine Tannenschößlinge und keine Birkenschosse einschmuggelten. Damals seien in dem Gras Hasenpfötchen gewachsen.

Sjorhpa wußte nicht, wie ein Hasenpfötchen aussah.

»Es sieht wie eine kleine Pfote aus«, sagte Röpa. »Es ist rosa und weiß und hat Ballen.«

Quendel hatte geduftet, und Goldruten, Glokkenblumen und Vergißmeinnicht hatten aus dem Gras geragt.

»Los ging es immer mit dem Täschelkraut«, sagte sie.

Diese Blume bilde schon im Herbst eine Rosette aus Blättern, so daß der Blütenkorb die violetten Knospen entfalten könne, sobald der Schnee dort, wo sie stehe, weggeschmolzen sei. Dann werde sie weiß und recht unansehnlich, sagte Röpa. Doch sie schmecke nach Honig.

Nach dem Täschelkraut komme die Trollblume, die auch Butterrose genannt werde, und dann komme der Frauenmantel. Und dann die Bergplatterbse und der Waldstorchschnabel und die Butterblume und das nördliche Labkraut und die kleine Braunelle, die blau sei, und das Veilchen und der Wiesenkerbel und die Schafgarbe, die manche Hosenschiß nennten.

»Obwohl nicht leicht erklärlich ist, was sie mit Schiß in der Hose zu tun hat«, meinte Röpa. Und dann seien da noch die Pechnelke und Wiesenplatterbse und der Ampfer mit den roten Spitzen.

Von keiner dieser Blumen, außer dem Ampfer, der Schafgarbe, der Butterrose und dem Frauenmantel, wußte Sjorhpa, wie sie aussahen. Weil sie aber verschwunden waren, prägte sie sich ihre Namen sorgfältig ein.

Sie war der Meinung, daß man sich an das, was verschwunden sei, erinnern müsse. Sonst habe es das womöglich gar nie gegeben. Skymt hatte keine Antwort darauf, ob es sich so verhalte. Er war ungeduldig, weil es sie so viel Zeit kostete, alles in Erfahrung zu bringen, was Röpa wußte. Bald wäre kein Harsch mehr auf dem Schnee. Dieser würde grob und locker werden, und dann wäre es unmöglich, außer Reichweite der Jerspen zu gelangen.

Sie habe aber noch vieles in Erfahrung zu bringen und im Gedächtnis zu bewahren, sagte sie. Ihn interessierten all ihre Namen nicht so sehr. Bis sie sagte, daß eines Tages der Wald verschwunden sein werde. Das glaubte er nicht.

»Aber so ist das unterhalb des Rukammens«, sagte Sjorhpa. »Das erzählen diejenigen, die das gesehen haben. Dort pfeift kein Haselhuhn mehr. Fältling und schwarze Flechte haben keine Bäume mehr, an denen sie wachsen können. Alles Moos ist vertrocknet und zu braunen Krümeln geworden. Das Bärenmoos und das Neckermoos und die Bergplatterbse sind verschwunden. Die Bäche sind verstummt. Da gibt es nur noch Steine, kein Wasser mehr. Es duftet nicht mehr nach Moosglöckchen und Anispilzen. Die Blaubeersträucher sind verwelkt und braun und auch die Preiselbeersträucher und die Krähenbeerensträucher, die Glockenheide und der Bärlapp. So ist das.«

Es fiel ihm sehr schwer, das zu glauben. Doch als sie sich am Abend getrennt hatten und er allein unter der Tanne zurückblieb, war ihm ängstlich zumute.

Skymt erinnerte sich, daß Njork einst vom Süden hierher gewandert war. Er, wenn überhaupt jemand, mußte wissen, wie es jenseits des Rukammens aussah. Er beschloß, Njork in seinem Unterschlupf hinter dem Felsen im Bjekkertjärn aufzusuchen und ihn zu fragen, ob es stimme, daß der Wald dort unten verschwunden sei.

Er verabschiedete sich von Sjorhpa, und sie weinte sehr. Beide wußten ja, daß es eine lange

Wanderung würde, die viele Tage und Nächte dauerte. Der Harsch trug jetzt nur noch nachts.

Er hatte Herzensangst, als er ging. Jenseits des Sees, der da Kroken hieß, lagen wilde Gegenden. Die Luchsin schlich dort umher, das sah er an den Spuren. Wenn das Licht allmählich wiederkommt, ist sie oft auf Wanderschaft. Dann jagt sie, um ihren Jungen Beute ins Lager zu bringen, damit sie lange allein bleiben können, während die Luchsin unterwegs ist und sich einen Kuder sucht. Als Skymt nachts im Mondschein dahinwanderte, konnte er sehen, wie die Spuren sich kreuzten, die großen der Kuder und die kleineren, und wie die Urinflecken im Schnee plaziert waren, um anzuzeigen, welche Wege sie gegangen waren.

Raben kreisten über ihm, wollten ihm aber nichts. Die Wolken zogen in großen und kleinen Fetzen, immerzu von West nach Ost. Es begann zu regnen, und es regnete Nacht um Nacht. Skymt wartete zusammengekauert unter einer dichten Tanne und sah den Schnee sinken. Tagsüber wirkte dieser angefressen, und alle Bäume waren schwarz. Skymt schien es, als ob die Raben ihn verhöhnten. Immer wenn einer von ihnen über die Stelle flog, wo er saß, war ein »Kloiiink« oder »Kriingk« zu hören. Sie erzählten einander, daß da unten einer versteckt sitze, einer, der nicht vom Fleck komme. Der Schnee war jetzt nämlich vollends aufgeweicht und lag schwarz auf den Seen, nicht einmal nachts gab es noch Harsch, auf dem man hätte gehen können. Skymt war zu spät unterwegs.

In diesem Jahr war der Frühling wunderlich. Normalerweise kommt die Wärme zuerst in den

Wald und schmilzt den Schnee unter den Bäumen und auf den Mooren. Diese geben das Schmelzwasser an die Rinnsale und Bäche ab, und grau und trübe gelb und in den Fällen schäumend rauscht es weiter zu den Flüssen hinab. Erst wenn der Wald schneefrei ist, beginnt im Fjäll der Schnee zu schmelzen. Dann sind die Flüsse abgelaufen, so daß sie das eiskalte Wasser aufnehmen können, das aus den Bergbächen gerauscht kommt.

In diesem Jahr hatte die Kälte lange angehalten. Sie hatte das Eis auf den Mooren gebunden und die Schneedecke nicht aufbrechen lassen. Womöglich war auch eine Teufelei mit im Spiel; der SCHATTEN herrsche, sagte Glutauge. Jedenfalls wurde es im Wald und auf den Bergen gleichzeitig Frühling, und das konnten weder die Moore noch die Bäche, noch die Flüsse bewältigen.

Die Moore quollen über. Die Moorseen wurden zu tiefen Gewässern. Die Huckel mit der Rosmarinheide wurden überflutet und zeichneten sich tief im Wasser ab. Überall traten die Bäche über die Ufer, brausten dahin und rissen dürre Bäume und Steine mit sich. Sie rissen Biberdämme ein und entwurzelten Tannen. Das Wasser hatte etwas Übles und Wildes in diesem Jahr. Es zerrte am Wald und ertränkte auf den Bulten alle Versuche zu knospen und zu blühen in Kälte und Schlamm.

Die Flüsse wurden gefährlich. Große, vom Wind gefällte Birken und Tannen kamen angewirbelt, als wären es Holzstöckchen. Hoch oben im Fjäll brannte die Sonne auf die Hänge und schmolz den Schnee, so daß er über den felsigen Grund hinabsickerte. Niemand dort oben konnte sich vorstellen, welch eine Kraft dieses Gesicker entfalten würde, wenn es zusammenfloß, daß es strömen und tosen und unten im Waldland alles, was locker war, mit sich reißen würde.

Skymt kam natürlich nicht weiter. Naß war es unter den Tannen, unmöglich, über die Moore und Moorseen zu gehen, und in der Ferne hörte er den Fluß rauschen, als wäre er wahnsinnig und rasend.

Er konnte sich nicht zum Bjekkertjärn durchschlagen. Und was noch ärger war: Er konnte auch nicht zurückgehen. Er dachte daran, wie ängstlich Sjorhpa sein werde und daß sie mit ihrem Kummer und ihrer Unruhe allein sei. Wütend sah er nach den Raben, wenn sie sich da oben im Grau zeigten. Sie konnten sich mit ruhig schwingenden Flügeln zur Almweide und wieder zurückbegeben. Doch ihnen eine Nachricht mitzugeben, das ging nicht. Sie waren für sich.

Tief in der Brust wurde er von großer Angst ergriffen. Ihm war, als seien alle für sich. Die einsamen Rufe erreichten vielleicht das Ohr, nicht aber das Herz. Man hörte einen Raben rufen, doch man verstand ihn nicht. Man hörte den Fluß strömen, ohne zu verstehen, was er wollte. Wollte er alles, was wuchs, überfluten und das, was Schutz gefunden hatte, ausreißen und aufreiben? Oder nur strömen? Nur sausen und dröhnen? Das Fjäll, das an sonnigen Tagen sein Wasser sickernd und freundlich talwärts schickte, war hier unten unbegreiflich. Hier war aus den plätschernden Rinnsalen strömendes, trübes Wasser geworden, und es riß alles an sich, was ihm in den Weg kam.

In weiter Ferne war Sjorhpa für sich. Sie konnte Röpa oder Jerspe oder den Brüdern auf keinen Fall erzählen, welch einen Kummer sie im Herzen trug. Diese wären der Ansicht, sie habe einen Ekelpelz und elenden Lumpen aus dem Fjäll liebgewonnen. Und er selbst saß nun hier in der Nässe und sang hin und wieder, sang Lieder, von denen er nicht wußte, woher sie kamen, und die nicht viele Worte hatten. Doch kein Rabe und kein Luchs verstanden, was er mit seinem Singen meinte.

Spät verließ in diesem Frühjahr das Wasser den Wald und die Moore und verschwand hinab ins Land, jenseits des Rukammens und der großen Moore hoch oben im Fjäll, und niemand wußte, wohin es entschwand. Der Wald begann sich schon zu belauben und zu blühen, als Skymt endlich zurückgehen konnte. Er fand seine Tanne am Bach und sandte Rabenrufe in Richtung der Almweide. Es dauerte nicht lange, bis er begriff, daß Sjorhpa fort war.

Die Jerspen liefen wie ehedem umher. Röpa eilte zwischen dem Sommerstall und der Hütte, dem Kochhaus und dem Steinkeller hin und her und ging all ihren gewohnten Verrichtungen nach, von denen keiner sagen konnte, wozu sie nutze waren. Zumindest Skymt nicht. Hin und wieder erschien Jerspe selbst. Er sah nicht gut aus.

Doch keine Sjorhpa.

Und Skymt konnte auf keinen Fall fragen.

Im Juni ist der Wald voller Laub und lebendigem Wasser. Dann ist es, als gäbe es Tod und Finsternis gar nicht. Überall sind Stimmen zu hören. Es tönt und piepst und wetzt und knappt.

Er horchte. Selbst die feinen Härchen in seinen Ohren versuchten sich so zu stellen, daß sie ein Pfeifen oder ein Rascheln erhaschten, das in diesem Gewebe eifriger Stimmen von Sjorhpa und von niemandem sonst stammte. Vielleicht versuchte sie auf diese Art zu singen, die sie jodlig locken nannte und so weit reichte, wie die Berge blau waren vor Wald. Vielleicht weinte sie nachts, wenn der Regen rauschte. Wenn seine Ohren für nichts anderes offen wären, dann würde er sie hören.

Hin und wieder tauchte ein schrecklicher Gedanke auf: Das, wovon keiner weiß, gibt es das?

Gibt es Sjorhpa?

Gibt es jemanden, der das weiß?

Anstatt zu horchen, sollte er fragen. Doch er hatte Angst. Sie war schließlich die Bärengefangene, die sie gefesselt und in die Höhle gepackt hatten. Auch wenn sie nun neuerdings den SCHATTEN verehrten, so erkannten sie wohl trotzdem ihre Feinde wieder. Kam ihm jemand entgegen, wich er aus. Er horchte und suchte.

Er achtete sehr aufmerksam auf die geringsten Spuren im Moos und sah genau nach, wie sie sich eingedrückt hatten, ob sie von einem Fuß stammten oder von einer Pfote. Als er an den Bach zurückkam, trieben zwei Butterrosen in einem kleinen, schwarzen stehenden Gewässer. Er hatte sie schon einmal gesehen, jedoch nicht bedacht, daß irgend jemand sie abgerissen und dort hineingeworfen haben mußte. In der feuchten Erde der Klamm wuchsen sie kräftig und hoch.

Im Moor sah er einen verwelkten Eisenhut. Und gleich neben der lyrenförmigen Tanne eine geknickte Feder. Keine Nußhäherfeder. So prächtig war sie nicht. Aber geknickt. Und ihm war, als teilte ihm dies etwas mit. Der Eisenhut wuchs auf der Almweide, nicht im Moor. Jemand mußte ihn ins Moos gesteckt haben. Als ein Zeichen?

Er folgte den Zeichen. Sie waren nicht leicht zu finden: ein Wolfsflechtenbäuschchen in einer grünenden Birke, ein Feuerschwamm an einem Rottannenstamm. Das waren Zeichen. Denn die Wolfsflechte konnte ebensowenig an einem lebenden Baum wachsen, wie ein Feuerschwamm Halt an einer Tanne finden konnte. Je weiter er in den Wald kam, desto deutlicher wurden die Zeichen. Abgeknickte Äste wiesen nach oben. Es wurde steil und wild. Unter einer großen Tanne fand er eine Menge kahler, von Eichhörnchen abgenagter Zapfen. Dazwischen lag einer, an dem noch die Schuppen saßen, dessen Samen jedoch ein Kreuzschnabel herausgepickt hatte. Skymt wußte nicht, was er davon halten sollte.

Ganz, ganz langsam ging er weiter. Nun stellte er nicht bloß sein Gehör so fein ein, wie er nur konnte, um zwischen all den Stimmen, die zu vernehmen waren, eine einzige herauszuhören. Auch seine Augen hatten sich geschärft und suchten unablässig den Boden ab. Da wehte ihn ein Geruch an. Zuerst glaubte er, dieser stamme von einem Anispilz an einer alten Salweide. Er konnte jedoch nirgends etwas anderes als Tannen entdecken. Er sank ins Moos und wartete, bis der Wind den nächsten Dufthauch herantrug. Den guten Geruch, den er zum ersten Mal unten in der Finsternis der Höhle wahrgenommen hatte.

Sjorhpa war jetzt nahe. Ganz nahe. Er pfiff vorsichtig. Er versuchte einen Buchfinken nachzuahmen, denn er erinnerte sich, wie die Buchfinken den ganzen Sommer über, als sie auf der Insel gewesen waren, gepfiffen hatten. Da konnten noch andere sein, die sich im Wald versteckten. Immer wieder war er gedankenlos und leichtsinnig gewesen und eingefangen worden. Jetzt aber ging es nicht nur um ihn. Sjorhpa war irgendwo ganz in seiner Nähe. Sie wartete und hielt vor Angst vielleicht den Atem an. Doch der Duft, der von ihrem Körper ausging, ließ sich nicht zurückhalten. Der sprach auf eine völlig andere Weise zu ihm, als er es zu irgendeinem anderen Wesen getan hätte. Wenn ich nachts wach würde und ihn röche, wüßte ich, wessen Geruch das ist, dachte er. Wenn ich bei den Toten im Inneren des Fjälls säße, würde er mich wecken.

Er pfiff leise und vorsichtig.

Tief in der hellen Nacht erhielt er eine Antwort.

Die Sjorhpa, die er in einer Felsenhöhle antraf, war nicht mehr dieselbe Sjorhpa, von der er sich verabschiedet hatte, um sich auf den Weg zu machen und herauszufinden, ob es jenseits des Rukammens noch Wald gebe. Ihr Bauch war angeschwollen. Deshalb war sie auch von zu Hause fortgelaufen. Sie sagte, den Eltern würde diese Schwellung nicht gefallen.

»Die Beule?« fragte Skymt. Er wußte im Grunde nicht sehr viel über Geschöpfe wie sie und glaubte zunächst, sie habe zu viel vom Wasser des Baches getrunken.

»Das wird ein Lebewesen«, sagte Sjorhpa.

Da begriff er: Das haben wir selbst gemacht.

»Wir haben wohl dazu beigetragen«, sagte sie. »In erster Linie aber, glaube ich, entstehen sie von selbst.«

Wenn sie nun umherging und ein anderes Lebewesen in sich trug, das sich zudem bewegte und ungeduldig zu sein schien, dann war dieser Wald mit seinen Wolfsgestalten und wunderlich beschaffenen Schatten nichts für sie. Skymt sagte, sie sollten sich nun ins Fjäll aufmachen. Dort sei er zu Hause, und dort würde er auf sie aufpassen, während sie darauf warteten, daß dieses ungeduldige Wesen zum Vorschein käme und sich zeigte.

Sie zogen sehr mühsam bergwärts. Sjorhpa war schwer und ging langsam. Sie bekam Durst. Es gab jedoch viele Bäche und Rinnsale, und das Moos war weich. Sie rasteten oft.

Sie kamen zu einem kleinen Waldsee, den Skymt nach dem Hermelin Lekattsvattnet nannte. Dort ließen sie sich vorerst nieder. Nun hatten sie das steile Fjäll direkt über sich. Sie sahen den Birkenwald an den Hängen und hörten ihn vor Vögeln rauschen. Die Vögel schwiegen auch nachts nicht, und die Nacht schloß kaum die Augen. Der See, der tagsüber kräftig leuchtete, wurde nachts matt wie der Himmel. Skymt sang jedoch immer, daß er schwarz sei. Und vielleicht war er das in der Tiefe auch.

Sjorhpa schlief, wenn es am schummrigsten war, und das Wesen in ihr schlief ebenfalls. Im Schlaf konnte sie Skymt singen hören. Er sang die ganze Nacht hindurch, und sie wußte nicht, ob er sang, um diejenigen fernzuhalten, die ihr Schreck einjagten, oder ob er einfach so sang. Er war jetzt, wenn er sang, Tjietskie. Denn so heiße hier oben das Hermelin, erklärte er.

Ooooh, du mein tiefes Wasser
schwarz wie mein Auge
sanft wie mein weißer Halsfleck…

Tief im Schlaf hörte sie ihn. Manchmal glaubte sie, es sei der Eisfuchs, der heule, oder der Wind, der in einem hohlen Stamm spiele. Er sang, wenn es morgens auffrischte, wenn die Blätter der Ebereschen ihre weißliche Unterseite zeigten und der Nordwestwind mit langen Krallen den See aufriß.

Gepeitscht wirst du
geschnürt und gestreift
wenn Stalo brüllt.
Ooooh du mein tiefes Wasser… ooooh…

Sjorhpa dachte nicht oft an die Eltern oder an die Jerspen. Die Almweide mit ihren Eisenhüten war weit weg. Es war wie im vorigen Sommer, als sie auf der Insel gewesen waren. An Tjietskies Wasser blühten ebenfalls Butterrosen. Sie schlief tief und gut hier, wo keine wütenden Stimmen zu hören waren. Und Skymt sang nächtelang.

Ooooh, du mein tiefer Quellsee
sanft wie Milch bist du des Nachts
weiß, wenn die Sterne blühen.

In einer solchen Nacht, da die Moltebeerenblüten im Moor dicht an dicht standen, war es, daß Sjorhpa spürte, wie das Wesen sich regte und herauswollte. Sie wußte nicht, was es werden würde. Ein TJIETSKIE, glaubte Skymt. Ein MILCHLATTICH, glaubte sie. Vielleicht. Jetzt spannte es alle seine Glieder, um hervorzudrängen. Es war mitten in der Nacht. Sjorhpa war mit einem Mal hellwach. Skymt wußte vorläufig nichts davon, daß in ihr gerade etwas vor sich ging. Sie wartete und horchte nach innen. Da kam es wie im Frühjahr das Hochwasser über das Moos, und Sjorhpa dachte, das Wesen würde wie in einem starken Strom hinausflutschen. Doch dem war nicht so. Skymt sang, ohne schon etwas zu wissen.

Ooooh, du mein tiefes Wasser
der Bussard am Himmel
steigt über dir.
So hoch steigt er
wie du tief bist
Hermelinauge, sanfter Fleck.
Ooooh, du mein tiefes Wasser …

Es war schlimm. Sie wimmerte ein wenig, doch er hörte nichts, denn sein Mund war ganz rund, und er sang lauthals.

Gepeitscht wirst du
geschnürt und gestreift
wenn Stalo röhrt.
Ganz unten bist du still
und schwarz wie mein Auge

sanft wie Milch,
glatt wie mein weißer Halsfleck
ooooh, du mein tiefes Wasser …

Dann verstand sie die Worte nicht mehr. Doch als das lange Lied zu Ende war, lag das Lebewesen im Moos.

Glutauge hat nachts Angst. Er bekommt einen, der tun und lassen kann, was er will. Skymt und Sjorhpa können nicht übereinkommen, welcher Name der schönste auf Erden ist. Sie verlieren das Beste, was sie haben. Die Schatten treten hervor.

Die Unterirdischen kommen an einem strahlenden Sommertag nicht gern ans Licht und nennen ihre Namen. Falls sie welche haben. Sie bleiben im verborgenen, wenn große Dinge geschehen. Wenn viel geredet wird, weiß man nicht, ob sie zuhören.

Glutauge hatte angeordnet, daß sie vor ihm erscheinen sollten. Das war nicht leicht zu bewerkstelligen. Schwarzblut, Messerzahn, Eisenzotte und Nagelpfote krakeelten und brüllten in alle Himmelsrichtungen Befehle. Sie peitschten auf den Weidenbaum, doch daraus kam nur ein Auerhahn hervor und hob schwerfällig ab. Die Unterirdischen hatten sich zurückgezogen. Sie schienen die Nacht und die Dämmerung zu bevorzugen. Wenn das Licht hoch stand, begaben sie sich in die Höhlen hinab. »Die Zeit des SCHATTENS ist gekommen«, sagte Glutauge. »Ihr könnt nun getrost hervorkommen. Ihr seid jetzt mächtig. Ihr gebietet durch mich, euren Herrscher.«

Doch sie kamen nicht. Er grübelte viel darüber nach. Es war schlimmer, seit Skymt nicht mehr da war. Er hätte allerlei schwierige Dinge erklären können. Vieles wurde hell und klar, wenn Skymt sprach.

»Du bist aus dem Schatten hervorgetreten und hast die Macht ergriffen«, hatte er gesagt. »Niemand kann dich besiegen.«

Doch jetzt, da er fort war, fiel es Glutauge schwer, sich an seine Worte zu erinnern. Ihm war, als habe Schwarzblut einen lauernden Blick. Sobald er sich abwandte, hörte es sich an, als flüsterten Eisenzotte und Nagelpfote miteinander. Er konnte aber nie verstehen, was sie sagten. Messerzahn erweckte den Eindruck, als schnüffle er. Es war nicht auszuschließen, daß sie ihn im Schlaf überfallen wollten. Deshalb schloß er immer nur für kurze Zeit die Augen.

Es raschelte im Ried und wisperte im Dickicht der Blaugrünen Weiden. Wenn er die Augen aufschlug, leuchteten ihre Blätter wie Silber. Er wußte nicht, was hinter dem spröden Rascheln vorging. Nachts wirkte alles so anders. Von den Tannen floß etwas Schwarzes. Als es heller wurde, sah er, daß es Flechten waren, die von den Ästen herabhingen, weiter nichts. Sie bewegten sich nicht einmal, denn es wehte kein Wind. Nachdem es richtig hell geworden war, befahl er Messerzahn, gegen ihn zu kämpfen.

Daraufhin schlug er sich jeden Morgen mit einem von ihnen. Er befürchtete, sie würden ihn verachten, falls er sie nicht besiegen könnte. Wenn er einen von ihnen zu Boden gerungen hatte, sagte er, daß er ihn töten könne, es aber nicht tun werde. Ihm solle Gnade zuteil werden.

Manchmal spürte er eine gefährliche Kraft in dem Körper, der unter ihm lag. Wenn sie sich zusammentun, dachte er. Doch sie haßten einander. Das wußte er noch sehr gut aus der Zeit, als er selbst noch einer von ihnen war.

Er fragte sich, wie viele es dort draußen geben mochte, die über ihn herfallen könnten. Immer und immer wieder befahl er, sie sollten hervortreten. Doch niemand erschien.

Eines Nachts hörte er ganz deutlich eine Stimme flüstern:

»Du bist ein großer Herrscher, Glutauge.«

Er setzte sich auf. Jetzt raschelte es wieder. Es knisterte. Worte waren keine mehr zu hören. Doch da draußen war jemand.

Am Morgen begnügte er sich damit, daß einer der Kämpfer vortrat und sich so aufstellte wie immer, wenn sie ihre Kräfte messen wollten.

»Dir sei Gnade«, sagte er.

Er wollte demjenigen, der da geflüstert hatte, jetzt genau lauschen. Doch bei Tag war nichts zu vernehmen. Vier Nächte vergingen, ohne daß jemand ein Wort sagte. Dann kam eine windige Nacht, und da hörte er:

»Groß bist du, Glutauge, und keiner besiegt dich Mann gegen Mann.«

Ihm gefielen diese Worte. Doch als es hell wurde, hatte er Mühe, sich ihrer zu erinnern.

Groß. Mann gegen Mann. Mehr brachte er nicht zusammen, wenn er sie bei sich zu wiederholen versuchte. Nachdem er mehrere Nächte lang ungeduldig gewartet und nichts gehört hatte als das Knappen von Schnäbeln und das spitze Geräusch von Zweigen, die von einem Huf geknickt wurden, vernahm er die Stimme erneut.

»Stark bist du, Glutauge, der mächtigste von allen. Doch die Schatten weichen.«

Da setzte er sich auf und sprach geradewegs ins Halbdunkel:

»Komm hervor, du.«

Leichte Schritte wurden hörber. Ganz in seiner Nähe befand sich jemand. Es war aber nicht zu erkennen, wie dieses Wesen aussah, da es von einem Weidengestrüpp verdeckt wurde. Sie begannen miteinander zu sprechen. Als sie die Stimme ihres Herrschers vernahmen, erwachten die Kämpfer, doch Glutauge befahl ihnen, sich ein Stück zu entfernen.

Sie unterhielten sich nun eine Weile über seine Größe. Die habe nur einen Fehler, sagte die Stimme. Zuerst wollte Glutauge losbrüllen, so daß die Kämpfer aufsprängen und ihre Speere in das Gestrüpp stießen. Doch die Stimme, die ein wenig gell war, sprach weiter, und die Worte, die jetzt kamen, waren schon besser:

»Der Fehler ist, daß du sie nicht zeigen kannst. Der Fehler ist, daß diejenigen, über die du herrschst, im verborgenen bleiben.«

Dem konnte er beipflichten. Das waren kluge Worte von diesem Kerl mit der schrillen Stimme da draußen im Dunkel.

»Du hast niemanden, der dich berät, wie du über die Schatten gebieten sollst.«

Glutauge fragte, ob der Unsichtbare ihn beraten

könne, und er erwiderte, das könne er wohl. Wenn er hervorkommen dürfe. Wenn er den Platz einnehmen dürfe, der ihm gebühre.

Am Morgen, als das klare Licht kam und jener aus dem Dickicht trat, war Glutauge drauf und dran, es sich anders zu überlegen. Denn es war nur dieser spitznasige Spitjetettan. Doch wie er selbst sagte: Er war früher schon dabeigewesen, und er konnte einen guten Rat erteilen. So jemanden brauchte sogar der Mächtigste.

Schwarzblut und Eisenzotte schnaubten. Nagelpfote piekste ihn mit dem Speer, wenn Glutauge es nicht sah. In dem Augenblick, als Messerzahn den Fuß ausstreckte, um ihm ein Bein zu stellen, sagte Spitjetettan:

»Nimm dich in acht! Alle vier müßt ihr euch vor den Ratschlägen in acht nehmen, die ich erteilen kann.«

Am Lekattsvattnet sorgten Skymt und Sjorhpa nun für ein Lebewesen, das sie ihr Kind nannten. Oder kleines Hermelin oder Wepse, je nachdem, ob der kleine Kerl strampelte oder surrte, wenn man mit ihm spielte. Sie sagten auch Niehte zu ihm, weil er in seinem Nest lag wie eine Nuß in der Schale. Er sollte auch einen richtigen Namen erhalten. Doch welcher war der schönste? Von etwas minder Schönem konnte keine Rede sein. Nicht für das Flaumohr, für das kleine Grünauge, für den Pfeifer im krummen Wald.

Er schrie nicht. So verständig war er. Er pfiff oder surrte, wenn er nicht mehr allein gelassen werden wollte. Bald lernte er auch zu knappen. Es hörte sich an, als hätte er einen Schnabel. Er horchte auf alles, was um sie herum war, und konnte es bald nachplappern.

Hunger hatte er in einem fort. Sjorhpa hatte Milch im Überfluß für ihn. Skymt nannte sie seine kleine Vaije. Sie fand, er hätte etwas anderes wählen können. Denn Renkühe, die mit ihren Kälbern vom Kalbeland herunterkamen, sahen mitgenommen aus und hatten große schüttere Flecken im Fell. Doch das kümmerte ihn nicht. Er sah sie gern vorüberziehen. Er sagte, sie hätten einen schönen Gang, ihre Äser seien sanft und im Herbst würden sie große Königinnenkronen tragen.

Sie waren jetzt allein. Es war fast wie auf der blühenden Insel. Allerdings gab es kein Wasser, das sie von allem, was Unruhe und Wachsamkeit verursachte, trennte. Skymt wollte, daß sie weiter ins Fjäll hinaufstiegen, und sie zogen los, Skymt mit dem Kleinen auf dem Rücken. Jeden Tag kamen sie ein kleines Stück weiter. Der Pomeranzenvogel saß auf einem Stein und verfolgte ihre Bewegungen.

»Piii … viii …«

Die Heide erstreckte sich weit, und es ging ständig bergauf. Über ihnen kreiste der Bussard. Immerzu wurden sie beobachtet. Sjorhpa sehnte sich nach Laub und dichtem Blattwerk, nach einem Plätzchen, wo sie sich mit dem kleinen Grünauge verstecken und sicher fühlen könnte.

Eines Tages überquerten sie den Vitstensån. Skymt trug den Kleinen von Stein zu Stein. Rings um sie brauste das kalte Wasser, zerfranste Schaumkronen auf den Strudeln. Es grapschte nach dem kleinen Wesen, wollte es haben, es gegen die Klippen werfen und ersäufen. Sjorhpa weinte vor Angst und fragte sich, warum das Wasser so feindselig sein konnte, wo es doch manchmal so sanft war. Doch sie erreichten das andere Ufer. Zum Verdruß eines Mornellregenpfeifermännchens, das ein Stück weiter oben am Steilhang über dem Fluß seine Nestlinge hütete.

»Piii … viii … viiit viiit viiitt!« pfiff der Vogel.

Hoch oben auf der steinigen Fjällheide lag ein kleiner See. Der wußte nicht, daß er einen Namen hatte. An seinem Uferrand hielten sich Forellen auf, sie waren fett, und ihre Haut war fast schwarz. Ein Bach rauschte zum Fluß hinab. Er warf sich zwischen den Felsen talwärts und bildete Fälle. Um ihn herum war ein kleines Tal. In der Feuchtigkeit des Baches wuchs Farn. Es gab Zwergbirken und Heidekraut, aber auch Kräuter, die hinter Steinen Schutz gefunden hatten, in feuchtem Moos. Das Bergveilchen leuchtete gelb. Das Wasser gluckste. Es war ein freundliches Plätzchen, und Skymt war stolz, daß er davon gewußt, es gefunden und den Kleinen hatte dorthin herbringen können.

»Hier sind wir sicher«, sagte er.

Sie waren sehr darauf bedacht, ihn nicht auf dem Erdboden zu lassen, wo der Järv, wie Sjorhpa den Vielfraß nannte, herumschnüffelte. Sie flochten ihm aus steifen Halmen ein Grasnest und hängten es in eine Birke. Dort lag er geschützt und war für den Bussard nicht zu sehen. Nicht einmal der Adler, der hoch am Himmel langsam auf den Luftwogen stieg und sank, wußte, daß das Nest etwas anderes war als ein vom Wind verwehtes Grasbüschel, das nun in einer Astgabel hing. Dort hatte er seine Ruhe vor Bremsen und Dasselfliegen und allem anderen Geziefer. Die Birke wiegte ihn leicht, wenn der Wind sanft und spielerisch war. Wurde er zu stark, nahmen sie den Kleinen herunter.

Er aß nun Honig aus den Hummelnestern, und er mochte gern Eigelb. Die Milch aber, die aus Sjorhpas Brust rann, wenn sie zu der Birke gesprungen kam, wo er in seinem Graskörbchen hing, war immer noch das Beste, was er kannte. Sie konnten ihn vor Wut und Ungeduld surren hören, wenn sie zu lange auf sich warten ließ.

Sjorhpa sang ihm etwas vor, wenn er in seinem schaukelnden Grasnest einschlafen sollte.

Lu lu kleines Kind
Auerhahn knappt in der Tanne
lu lu kleine Wange
rosenrot im Wind
lu lu kleine Daune
nun knappt es in der Tanne
lu lu kleiner, du
lu lu kleiner, kleiner Lauser

Skymt wollte wissen, woher sie dieses Lied habe, und sie sagte, es sei ihr während des Singens eingefallen. Das habe es vorher noch nicht gegeben. Doch er wußte, es war das Lied, das er gehört hatte, als sie aneinandergeschmiegt in der Biberburg gelegen hatten.

»So hat bisher aber noch niemand gesungen«,

beharrte Sjorhpa. »Es fliegt mich einfach an. Es kommt mit dem Wind.«

Lu lu kleiner, kleiner, du
lu lu kleine Daune
lu mein kleiner Schelm

Als sie dem Wesen seinen Namen geben wollten, bekamen sie Kummer. Skymt glaubte, alle hätten von Anfang an einen Namen, einen, von dem sie vielleicht nichts wüßten. Wie sollten sie nun den Namen dieses Wesens herausfinden?

Sjorhpa behauptete, daß es sich keineswegs so verhalte. Es seien die Eltern, die den Kindern ihre Namen gäben.

»Wie denn?« fragte Skymt.

»Sie denken sich welche aus.«

Er glaubte nicht, daß das richtig sein konnte. Das klang gar zu leichtfertig. Ein ausgedachter Name konnte schnell wieder verlorengehen und womöglich durch einen neuen ersetzt werden. Er selbst hatte seinen Namen ja von Sjorhpa erfahren und sie den ihren von ihm. Das waren richtige Namen. Sie hatte genau gewußt, wie er hieß, und er hatte genau gewußt, wie sie hieß. Doch woher hatten sie das gewußt?

Hatte ein Vogel gepfiffen? Oder der Bach geplätschert und geplappert? Skymt meinte, sie sollten den Namen erlauschen. Sjorhpa blieb jedoch dabei: Sie sollten für das Wesen einen Namen erfinden. Und es sollte der schönste Name sein. Schöner als alles auf Erden. Es sollte ein Name sein wie ein Stern am schwarzen Winterhimmel. Oder wie die Krone eines weißen Rens. Er könnte auch wie die Blüte des Bitterklees sein, der am Uferrand steht und seine weißen Kronblätter mit dem rosa Flaum spiegelt.

»Das wird nicht einfach«, sagte Skymt. »Aber vielleicht ist was dran an dem, was du sagst.«

Erfinden oder ausdenken. Das ließ sich ja nicht machen, ohne nach dem zu forschen, worauf man stoßen oder kommen wollte. Also versuchte er für alle Fälle heimlich den Namen zu erlauschen, und er forschte den Windungen auf der Innenseite trockener Tannenrindenscheiben nach, die von toten Bäumen abfielen. Es konnte ja sein, daß dort ein Name geschrieben stand.

Währenddessen versuchten sie, für das Wesen Honig und Eier zu sammeln. Skymt wollte, daß es sich kräftig und deutlich auswachse, damit es nicht nur ein Flackern am Rand eines Moores oder ein kleiner Nebelfetzen über dem Moorsee würde. Sjorhpa wäre lieber bei dem Kleinen geblieben. Sie sagte, am liebsten möge er jedenfalls die rahmgelbe Milch, von der sie mehr als genug habe. Doch Skymt meinte, aus denen, die nur Rahm tränken, würden schlechte Kinder.

»Er braucht Dotter, genau wie der Wasserschmätzer die Larven des Augenstechers braucht, um auch bei Kälte und Eis leben und ohne weiteres ins kalte Wasser spazieren und wieder auftauchen zu können.«

Sjorhpa hatte die Wasseramsel im Winter am Wasserfall gesehen. Ihr schwarzes Federkleid war dicht wie eine Haut, und sie tauchte stets gleich trocken und glänzend auf. Sjorhpa hatte jedoch nicht gewußt, was der Vogel dort unten tat. Daß die Libellen, die Skymt Augenstecher nannte, ohne Flügel auf dem schlammigen Grund des Flusses umherkrochen und sich zwischen den Steinen versteckten, war ihr ebenfalls unbekannt gewesen.

»Ich sage dir aber«, hielt sie dagegen, »daß Lebewesen ihre Mutter brauchen.«

Die Trollblumen blühten mit großen gelben Kugeln, die sich im Fjällwind wiegten. Sie wurden von kleinen schwarzen Fliegen umschwärmt, und Sjorhpa, die ebenfalls einiges wußte, wenn sie zum Teil auch andere Worte benutzte als Skymt, sagte, Trollblumen stürben ohne Fliegen. So sei das. Sie kröchen in die Blüten, bummelten darin herum und suchten das Süße und Gute tief im Inneren der Trollblume, dabei bleibe gelber Puder an ihnen hängen, und dann flögen sie wieder hinaus und kröchen mit diesem gelben Puder in eine andere Blüte, und auf diese Weise bekomme die Trollblume Nahrung.

»Das hat weder Hand noch Fuß«, erwiderte Skymt, der gern auf Sjorhpas schöne Füße anspielte, denn er wünschte, er hätte auch solche und keine Haxen und Pfoten. »Kleine schwarze Fliegen können gelben Butterrosen doch keine Mütter sein.«

»Jedenfalls ist es so«, sagte Sjorhpa, »daß Lebewesen ihre Mutter genauso brauchen, wie ein Anispilz eine alte Salweide braucht, um einen Spalt zu finden. Das geht nicht überall. Hast du jemals einen Anispilz an einer Tanne leben sehen?«

Nein, das hatte er noch nicht gesehen. Also beschlossen sie, in die Klamm mit den Bergveilchen und zu dem Grasnest zurückzueilen, das an seinem Birkenast hing.

Glutauge herrschte jetzt über alles. Über Tannen und Waldseen und Steine. Über Spalten und Höhlen und Nester. Über den Kies auf dem Grund des Baches und über die harten, alten Schneewehen auf den höchsten Berggipfeln. Kein einziger Adler zog über den Himmel, wenn Glutauge das nicht wollte. Wenn er es verfügte, ließ der Adler sich herab, setzte sich in eine Felswand und steckte den Schnabel unter den Flügel. Er wurde fromm wie ein junges Täubchen. Er wußte nämlich so gut wie andere, daß Glutauge jetzt zu bestimmen hatte.

»Über absolut alles«, erklärte Spitjetettan.

Er war es, der für Glutauge sprach und kundtat, wie die Dinge lagen. Vor allem, sagte er, herrsche der große, weise und grausame Glutauge über die Schatten. Deshalb sei es am besten, wenn sie hervorkröchen.

Glutauge fand die Schatten unbehaglich. Sie ließen sich so schwer anbrüllen. Man bekam sie nicht richtig zu Gesicht. Manchmal wünschte er, Spitjetettan würde die Klappe halten, damit er besser sehen könnte. Besonders nachts. Da gab es so viel Geraschel.

Er wachte kalt und schweißgebadet auf, brüllte Nagelpfote und Messerzahn, Schwarzblut und Eisenzotte an, sie sollten aufpassen. Diese standen rings um ihn Wache. Da war ihm, als feixe jemand in der Dunkelheit. Er fragte, wer das gewesen sei.

»Wir haben doch nicht gefeixt«, sagte Nagelpfote, und Eisenzotte lächelte.

»Wir haben niemals auch nur im geringsten gefeixt«, bekräftigte Messerzahn, und Schwarzblut sagte mit sanfter Stimme:

»Du weißt doch, wer deine besten Freunde und Wächter gegen die Schatten sind!«

»Die Schatten, über die herrsche ich!« brüllte Glutauge. »Holt sie heraus! Seht zu, daß sie sich aufstellen. Morgen früh, sobald die Sonne über die Gipfel jenseits Hersens heraufrollt, werden diese verdammten Lumpengestalten und Nebelfetzen in Reih und Glied hier stehen!«

Doch der Morgen kam, ohne daß es ihnen gelungen war, irgendwelche Schatten hervorzulocken, und Glutauge fühlte sich innerlich rottig schal, er lag den ganzen Tag über dösend in seiner Höhle und versuchte, seinen verlorenen Nachtschlaf nachzuholen. Seine Augen glühten nicht arg, waren aber sehr rot und feucht.

In der nächsten Nacht war ihm, als kratze etwas an der Felswand. Es klang, als fahre eine große Hand mit den Fingernägeln darüber, und ihm zog sich die Magenhaut zusammen. Lange Zeit lag er da und horchte auf das Kratzen dieser Nägel. Er hatte einen ganz trockenen Mund, und seine Augen starrten geradewegs in die Dunkelheit. Er wagte keinen Mucks von sich zu geben.

Schließlich fiel vom Eingang her ein wenig Tageslicht in die Höhle. Da hatten die Nägel aufgehört zu kratzen, und Glutauge war völlig matt gebibbert vor Schreck. Spitjetettan trat ein und grüßte ihn mit den üblichen Worten:

»Gepriesen sei deine Weisheit, großer Herrscher!«

»Halt die Klappe«, erwiderte Glutauge. »Schaff Licht ran!«

Spitjetettan gab dem Haufen Wolfsvolks, der in der Nacht vor der Höhle gewacht hatte, ein Zeichen, sie sollten das Reisig vom Eingang wegziehen. Als das Licht hereinfiel, starrte ihr Herrscher mit roten, brennenden Augen auf die Felswand vor sich.

»Siehst du dort was?« fragte er Spitjetettan.

»Eigentlich nicht.«

»Siehst du keine Zeichen?«

»Ich sehe wohl Risse und dergleichen. Wie das bei Felswänden so ist. Striche dahin und dorthin. Nichts Besonderes.«

»Du bist ein schlechter Ratgeber und ein großer Scheißkerl. Das habe ich schon lange geahnt. Du siehst nichts. An dem Felsen steht etwas geschrieben. Von einer großen Hand mit spitzen Nägeln. Aber du siehst nichts. Du weißt nicht mal, was geschrieben heißt. Das sind Striche, die etwas bedeuten. Worte sind das. Starke Worte.«

Spitjetettan hatte nun allen Grund, auf der Hut zu sein. Noch wirkte die Lage jedoch nicht ganz lebensgefährlich. Glutauge war so sonderbar matt und benommen. Seine müden Augen starrten die Felswand an.

»Es gibt zu viele, die im verborgenen bleiben«, sagte er. »Wo habt ihr denn den Kerl, der aus dem Fjäll kam?«

»Niemand kann das wissen«, antwortete Spitjetettan und versuchte unbekümmert zu klingen. »Und es sind viele, die im verborgenen bleiben.«

»Der hieß irgendwie«, sagte Glutauge.

»Ach so, der! Der sich so wichtig gemacht hat und irgendwie heißen wollte. Dieser kleine Scheißpelz. An den erinnere ich mich. Schwach.«

»Der kannte viele Worte«, sagte Glutauge. »Der weiß bestimmt, was an der Felswand steht.«

Spitjetettan saß da, stocherte unter seinen Krallen und pfiff ganz leise. Nicht allzu sehr. Etwas wie Beklemmung und Angst hatte sich ihm um den Brustkorb gelegt. Er pfiff und stocherte.

»Gepriesen sei deine Weisheit, großer Herrscher«, sagte er sanft. »Die Sonne strahlt, und die Buchfinken singen. Wollen wir nicht einen kleinen Morgenspaziergang durch das Reich machen?«

»Ich will diesen Kerl haben, der aus dem Fjäll kam«, sagte Glutauge und hatte jetzt wieder etwas von seiner alten Kommandostimme. Messerzahn und Nagelpfote, Schwarzblut und Eisenzotte nahmen Haltung an.

»Schafft ihn her!«

Als Skymt und Sjorhpa auf dem Rückweg zur Klamm waren, kam ein gewaltiger Wind übers Fjäll. Obwohl es Sommer war, mochte man fast glauben, es sei Stalo, der da aus vollen Lungen blase. Es pfiff und heulte in den Zweigen der Zwergbirken. Ein Sterntaucher sprang über das Wasser eines Waldsees und schnarrte fürchterlich. Schließlich bekam er Luft unter die Flügel, und als er flog, schrie er gell und klagend. Einen Augenblick lang sahen sie seine prachtvolle Brust in einem Sonnenstrahl, so gelb wie eine Feuerflamme. Das war das letzte, was sich vom Tageslicht zeigte, denn jetzt zog mit dem Wind eine große, blauschwarze Wolke auf. Sie breitete sich über den ganzen Himmel aus, und dann barst sie, und alles Wasser, das sich in der Wolke befand, stürzte nieder wie aus einem großen Bauch. Es war der schlimmste Regen, den sie je erlebt hatten, er war so heftig, daß alle Tiere aus dem Fjäll flohen. Sie sahen die Rene mit ihren Kälbern gerannt kommen und hörten ihre tausend Hufe knacken. Eisfüchse schlichen, flink wie Diebe, vorüber, und gelb- und schwarzscheckige Lemminge wimmelten ununterbrochen pfeifend über die Heide talwärts. Die Mornellregenpfeifer flatterten mit lauten Warnrufen davon, und die Schneehühner flogen auf und versuchten, dorthin zu entkommen, wo es mehr Birken gab und vielleicht einen struppigen Tannenast, unter dem sie Schutz suchen könnten. Zuletzt kam ein großer, schwarzer Elchhirsch durch die Wasserschleier geglitten. Es sah aus, als ob er schwimme, und seine schwere Krone mit den vielen Enden schwebte über ihm und schien wie von selbst die Heide hinabzutreiben. Ja, es war ein Wetter, das die Rinde von den Birken lösen und Geweihkronen von den Schädeln abheben konnte.

Skymt und Sjorhpa kauerten sich unter einem Stein zusammen. Skymt zog eine Menge Krähenbeerengestrüpp heran und stopfte es wie einen Pfropfen in das Loch.

»Wie mag es bloß unserem Kleinen ergehen?« fragte Sjorhpa, als sie endlich zu sprechen wagte.

»Das Nest ist kräftig geflochten«, sagte Skymt.

Ihm war jedoch angst. Sie saßen dicht beieinander und horchten auf den Lärm dieses Regens, der auf die Fjällheide trommelte und prasselte, so daß sie fürchteten, es werde das blanke Urgestein zutage treten und die ganze Welt kahl und braun und baumlos werden.

Als es zu trommeln aufhörte und zu rauschen begann, und als das Rauschen in ein Tröpfeln überging, und das Tröpfeln so schwach wurde, daß es nur noch leise in den Wasserpfützen unterhalb des Steins klimperte, da streckten sie die Köpfe hinaus und sahen, daß die Welt noch stand. Die Hartriegelsträucher waren voller klarer Tropfen.

Sie trabten, so gut es bei all den Rinnsalen und Wasserläufen ging, sogleich zu der Klamm los. Der Bach, an dem sie lebten, war angeschwollen, rauschte forsch vor Wasser und glaubte, ein großer Fluß zu sein.

»Siehst du die Birke?« fragte Skymt.

Da war ihre Birke, und sie neigte sich tief unter einer Wolke von Tropfen. Das Nest hing noch an dem Ast, an dem es hängen sollte.

»Es ist noch da«, sagte Sjorhpa mit einem tiefen, tiefen Seufzer.

»Es ist kräftig geflochten«, sagte Skymt. »Es ist ein richtig kräftiges Grasnest, das Wind und Regen standhält.«

»Da ist aber ein Loch drin.«

In der Tat.

Sie gingen hin und schielten durch das Loch.

Es gibt etwas, was grausamer ist als Regen. Was schlimmer ist als Sturm. Es gibt etwas, was gefährlicher ist als Raubtierzähne. Niemand weiß, was es ist oder wie es heißt.

Das Nest war leer.

Sie rannten umher und suchten überall auf der nassen Erde. Nirgends surrte oder pfiff es. Sie liefen zu dem Nest zurück und stocherten in dem Loch.

»Das hat niemand mit einer Pfote oder Klaue aufgerissen«, erklärte Skymt. »Es sieht so aus, als hätte das jemand von innen aufgestochert.«

»Jemand?« fragte Sjorhpa. »Dann hat er es aufgestochert. Es war doch nur er darin. Das kleine Hermelin. Unser Niehte. Die Wepse. Wo ist er nur hin?«

Skymt und Sjorhpa suchten viele Tage und in allen hellen Nächten nach dem Kleinen, der das Geflecht seines Grasnestes aufgestochert hatte und verschwunden war. Doch sie konnten ihn nicht finden.

Zuerst hatten sie Angst. Sjorhpas Hände zitterten. Ihre Stimme klang, als ob sie jodlig lockte, doch das tat sie nicht. Die Stimme blieb einfach nicht fest. Dann wurden die beiden immer stiller. Trauer ergriff sie.

Sie blieben natürlich oben an der Klamm. Nachdem sie die Suche aufgegeben hatten – da gab es bereits Bodenfrost, und die stacheligen Samenkugeln der Trollblumen waren braun geworden –, saßen sie unterm Farn am Bach und warteten und warteten.

»Das schlimmste ist, daß wir ihn nicht bei seinem Namen rufen können«, sagte Skymt. »Da wir ihn nicht wissen.«

Sjorhpa hätte sagen können: Wir hätten uns

einen ausdenken sollen. Doch sie sagte es nicht, denn sie wollte ihm nicht weh tun.

Skymt versuchte es damit, die Lieder zu singen, dem das Wesen in seinem Grasnest gern gelauscht hatte.

Lu lu kleine Daune
weh nicht fort ins hohe Fjäll
lu lu kleine Daune
flieg zurück
komm mit dem Wind
her zu uns
lu lu lu kleine, kleine Daune

»Mir ist, als hörte ich einen großen Hund bellen«, sagte Sjorhpa. »Wenn das nun der schwarze Hund ist!«

Skymt wagte nicht zu fragen, was für ein Hund das sei.

Der Farn welkte und wurde braun. Eines Nachts kam ein Schneegestöber und streute seine spitzen Körnchen über die Heide. Dort lagen sie dann wie ein fadenscheiniger Teppich. Doch Skymt wie auch Sjorhpa wußten, daß noch mehr Schnee fallen würde und daß keine Wepse oder ein kleines Hermelin allein in solch einer Welt leben könnte, wie sie bald sein würde.

Sie mußten nun absteigen, bevor es im Fjäll so schlimm und rauh wurde, daß nur noch die Füchse dort oben leben konnten. Die Rene hatten sich schon zum Waldland hinunter aufgemacht, wo sie sich von Flechten ernähren würden, die sie von den Tannen ästen. Skymt sagte zu Sjorhpa, er wisse noch etwas, was sie tun könnten, wenn sie wieder in den Wald kämen. Sie könnten Urr, Skorr und Trödlkona aufsuchen und sie fragen, ob sie aus ihrem Kessel weissagen und darin nachsehen könnten, was mit ihrem Wesen geschehen sei.

Sjorhpa entgegnete, daß sie das wohl tun könnten. Sie hatte jedoch fast keine Stimme mehr. Im Wald angelangt, konnte sie nur mit Mühe weiterwandern. Die meiste Zeit des Tages mußten sie ihretwegen unter einer Wurzel oder einem Stein liegen und rasten. Stets lag sie da und horchte auf den Wind.

Eines Abends kamen sie zu den drei Weibsen, die jetzt in einer alten Grube hausten. Darin hatten die Menschen früher Milchlattich gelagert, den sie ihren Kühen gegeben hatten, wenn alles andere Futter zu Ende war. Er hatte unter einem Holzdeckel gelegen und war im Winter gesäuert worden. Die Weibsen fanden diesen Ort gut, weil auch sie da ein wenig gesäuert wurden, wodurch sie sich so munter und gesund fühlten wie schon lange nicht mehr.

Sie waren sehr überrascht, als Skymt und Sjorhpa aus dem Wald traten und als sie sahen, wie ausgeblichen, mager und grau die beiden waren. Als sie erfuhren, was geschehen war und was Skymt von ihnen wünschte, nahmen sie die beiden mit zu ihrem Kessel. Das war ein großer Eisentopf auf drei Beinen, den die Menschen vor langer Zeit im Wald zurückgelassen hatten. Er war gesprungen, doch das machte nichts. Er taugte noch gut für seinen jetzigen Zweck.

In ihrer Grube bewahrten die Weibsen stets ein

wenig Glut auf. Ging diese aus, so paßten sie in der Beerenzeit oder während der Elchjagd eine Gelegenheit ab, um zu einem vergessenen Kaffeefeuer zu schleichen, das allmählich erlosch, und in einem Stück Birkenrinde etwas Glut zu holen. Damit konnten sie spielend leicht ein Feuer hervorzaubern.

Nun entfachten sie auf dem Grund des Topfes ein Feuer und sprachen starke Worte darüber. Es brannte gewaltig. Skymt fuhr zurück, Sjorhpa hatte indes überhaupt keine Angst. Es war, als habe sie das Vermögen, Angst zu empfinden, verloren. Sie konnte auch keine Freude empfinden. Sie sagte, es gebe keine Freude auf der Welt. Es gebe nur Ruß und Stacheln und spitze Steine. Es gebe nur schlimmen, rauhen Wind und reißende, zerrende Klauen.

Nachdem das Feuer ausgebrannt war, saßen sie alle fünf wachsam um den Kessel herum. Schließlich war nur noch eine Glut auf dem Grund. Nun, hatte Skymt angenommen, würden die Weibsen ihnen aus der Glut weissagen und mitteilen, wo sich der Kleine befinde. Doch sie sagten, Skymt und Sjorhpa sollten selbst in die Glut schauen und Urr, Skorr und Trödlkona erzählen, was sie dort sähen. Danach würden die Weibsen nacheinander vortreten und sagen, was es zu bedeuten habe. Und zwar so, daß die anderen beiden es nicht hörten. Und wenn alle drei Deutungen gleich seien, so hätten sie die Wahrheit gesagt. So einfach sei das.

Doch aus den Deutungen wurde nichts. Weder Skymt noch Sjorhpa entdeckten etwas Besonderes in der Glut. Sie sahen das Feuer irrlichtern und brennen. Auf den Kohlestücken bildete sich graue Asche. Dann wurde es ganz schwarz.

»Was seht ihr denn?« fragte Trödlkona.

Sie antworteten, sie könnten überhaupt nichts sehen. Nur schwarze Kohle auf dem Grund eines gesprungenen Eisentopfs.

In dieser Nacht kamen die Schatten hervor. Sie legten sich um Skymt und Sjorhpa. Am Morgen wichen sie nicht, sondern blieben dicht und freundlich bei ihnen.

Die Schatten haben keine Angst vor denen, die große Trauer tragen.

Skymt und Sjorhpa leben bei den Schatten. Sie sehen die blühende Insel wieder und brauchen zwei Namen. Rasch entscheiden sie sich für die nächstschönsten, die es gibt. Zwei Beherzte bekommen das Leben um eine Meilerstätte herum über und ziehen ins Fjäll.

In diesem Winter wurden Skymt und Sjorpha ganz dünn und naß. Hätte jemand sie gesehen, hätte er sie nicht von den Schatten, mit denen sie jetzt lebten, unterscheiden können. Doch da war niemand, der sie sah. Als der Frühling kam, streiften sie nicht wie früher umher, und sie aßen auch nichts. Der Sommer mit all seinen Stimmen, mit dem Gemurmel des Wassers im Fluß und dem Rascheln im hohen Milchlattichwald, zog an ihnen vorüber. Ja, es schien, als ginge der Sommer nur hoch oben in den Baumkronen dahin. Dort rauschte er.

Sie sprachen nicht miteinander, und sie sangen keine Lieder. Als es zum zweitenmal Frühling wurde, war ihr Gedächtnis schon ganz dünn und zerflattert, und sie verstanden nicht einmal, daß es wieder Sommer werden würde.

Ein Windhauch nahm sie eines Tages zusammen mit einer Menge kleinem Geziefer mit und trug sie über einen großen, glänzenden Fluß. Wären sie im

Wasser gelandet, wer weiß, was dann passiert wäre. Ihre Körper bestanden jetzt nur noch aus Zipfeln und Fetzen, und sie schienen so voller schleirigen Wassers, Diesigkeit und Dunst zu sein, daß sie leicht in dem schwarzen Wasser des Flusses hätten versinken, dort aufgelöst werden und verschwinden können.

Sie blieben jedoch in einem Weidengestrüpp hängen. Zwischen den wollig behaarten Blättern war es weich und trocken, und wenn der Wind durch das Gestrüpp strich, sang es leis in ihren Körpern. Es waren keine richtigen Lieder, denn sie hatten alle Worte vergessen.

Abends, wenn die Sonne tief stand und das schwarze Wasser golden und silbrig wurde, kamen die Biber hervor und schwammen gemächlich hin und her, die Sonne auf ihren vom Wasser gestreiften Scheiteln. Ihre großen Nasenspiegel bebten und schnupperten, doch sie dachten gar nicht daran, zu arbeiten und Birkenstämme abzunagen. Man sah nicht einmal ihre scharfen, rotgelben Vorderzähne. Sie hatten keine Zweige im Maul, um damit in ihre Burg hinabzutauchen. Jetzt schien die Abendsonne, und es hieß ausruhen.

Skymt und Sjorhpa saßen in ihrem Nest in der Wolligen Weide und beobachteten, wie ein kleiner, fast hellgelber Biber mit einem großen dunkelbraunen zu spielen begann. Die beiden waren genau dort, wo sich ein Eingang zu ihren unterirdischen Gängen befand, aus einer Höhle im gelben Sand der steilen Flußböschung aufgetaucht. Der kleine Biber rieb seine Nase an der Wange des großen.

Da dehnte sich Skymts Erinnerung in den Abend aus. Zwar war sie wie ein zerrissenes Spinnengewebe voller Löcher, doch hier am Fluß, wo die Biber ihre Nasen und ihr von der Nässe gestreiftes Fell aneinander rieben, wo die Buchfinken pfiffen und es im Riedgras raschelte, wo der Fuchs zwischen den Butterrosen schnüffelte, hier hatte seine Erinnerung einen großen heilen Fleck, der sich ausdehnte und zu glitzern begann. Skymt flüsterte Sjorhpa zu:

»Erkennst du das denn nicht wieder?«

»Vielleicht«, flüsterte sie zurück. »Vielleicht ist hier etwas, was gut riecht. Es riecht hier wie Sommer.«

Und sie war selbst erstaunt über dieses Wort: Sommer. Das hier ist der Sommer, dachte sie.

Da waren Honig und Sonne. Da waren gesunde, trockene Felle, und da waren junge Zwergspitzmäuse, sie kletterten an Grashalmen, die sich unter ihrem Gewicht nicht bogen, da sie kein Gewicht hatten. Das Gelbe, das ich sehe, sind Trollblumen, dachte Sjorhpa. Skymt nennt sie Butterrosen. Das ist ein ganzer Wald von Trollblumen, und ich möchte in diesen Wald gehen, weil ich weiß, wie er riecht, schwach, aber gut.

»Wir sind wieder auf der blühenden Insel«, flüsterte Skymt.

Es gab Dotter und Honig. Sie hatten ihre Ruhe. Manchmal ist das Beste, was einem Lebewesen widerfahren kann, seine Ruhe zu haben. Wenn zwei solcher Wesen zusammen sind und sie ihre Ruhe haben, dann kann etwas geschehen, wovon sonst niemand etwas weiß und was die allergrößte Bedeutung bekommt.

In diesem Fall führte es dazu, daß Skymt und Sjorhpa zwei Namen brauchten. Und zwar ganz schnell, denn diesmal wollten sie nicht die Zeit darüber vergehen lassen, nach den allerschönsten Namen auf Erden zu suchen. Sie nahmen die beiden nächstschönsten. Und das waren Gollie und Silpe. Das bedeutet Gold und Silber. Sie hatten diese von Leuten gehört, die im Frühling Rene in die Fjälltäler trieben, wo ihre Renkühe kalben sollten.

Gollie und Silpe kamen unmittelbar nacheinander in einer Nacht, in der der Herbstmond am Himmel stand und Skymt ohne Unterlaß sang. Sie ähnelten überhaupt nicht jenem Wesen, das oben im Fjäll bei der Klamm mit dem Farn verschwunden war. Das bekamen sie oft zu hören. Aber es waren kräftige Kinder, eins von jeder Art. Gollie war ein weibliches Wesen, und Silpe würde ein Mann werden, wenn er sich von Eiern und anderem Kräftigem und Gelbem ernähren konnte.

Solange sie ganz klein waren, hatten sie viel Spaß. Sie fanden Skymt stark und mutig und Sjorhpa gut und lieb. Sie hatten viele Freunde, von denen manche allerdings ein wenig dünn waren.

Als sie größer wurden, bekamen sie es über, Kinder zu sein. Gollie bekam es auch über, immerzu lieb zu sein. Sie wollte lieber mutig sein. Silpe sagte nichts dazu. Insgeheim aber fand er es manchmal recht anstrengend, so nahe an junge Füchse heranzugehen, wie er sich traute, und ihnen Schimpfwörter hinzuwerfen. In eiskaltem Wasser gegen den Strom zu schwimmen, war ebenfalls nicht immer so angenehm. Er wäre gern etwas weniger mutig gewesen, wenn er sich getraut hätte.

Ihnen wurde allmählich langweilig. Sie fanden, es werde zuviel über das Wesen gesungen, das nie einen Namen erhalten hatte, über ihn, der im Fjäll geblieben war. Natürlich bedauerten sie ihre Eltern, deren Trauer so groß war, daß sie nie ganz vergehen wollte. Sie bewirkte jedoch, daß Gollie und Silpe zwangsläufig zu Hause blieben.

Sie lebten jetzt nicht mehr auf der Insel. Skymt sagte, dort könne man sich immer nur für kurze Zeit aufhalten, nämlich dann, wenn es blühe und wenn man seine Ruhe brauche. Also haben sie sich einen anderen Wohnort gesucht, und zwar eine grünende alte Meilerstätte. Dort hatte einst ein Kohlenmeiler gestanden: Die Fäller hatten Holz zu einem großen Haufen geschichtet und mit Torf bedeckt. Diesen Haufen hatten sie so sinnreich angezündet, daß er nur schwelte und nie brannte. Jetzt war dort grünes und saftiges Gras und eine mit Steinen ausgekleidete Höhle, die sich die Wächter des Meilers einst für ihre Lebensmittelvorräte hergerichtet hatten.

Gollie und Silpe durften sich nie weiter von diesem grünen Fleckchen entfernen, als ihre Eltern sie sehen konnten. Als sie dann nicht mehr klitzeklein waren, durften sie so weit gehen, wie man sie noch hören konnte. Sjorhpa sagte, es sei gefährlich, tiefer in den Wald zu gehen.

»Die Hulden könnten euch holen«, erklärte sie. »Die Hulden holen Kinder, das wissen wir. Das tun sie schon seit Urgedenken.«

»Wer weiß das schon so genau«, meinte Skymt. »Im übrigen sind wir vielleicht selbst Hulden.«

Gollie und Silpe sagten zu ihren Eltern, niemand könne sein Leben lang um eine alte Meilerstätte herumtrotten. Man müsse hinausziehen und erproben, ob man genügend List und Mut besitze, um im Wald zu überleben.

Sjorhpa erwiderte, ihre Brüder, die Jerspen, hätten zeit ihres Lebens um eine alte Almweide herum gelebt und sie hätten sich gut dareingefunden. Nun waren aber Gollie wie auch Silpe in aller Heimlichkeit bei der Almweide gewesen und hatten gesehen, was sich dort abspielte. Die Jerspen trotteten hinter ihrem Vater her, und Röpa war in einem fort dabei, Mus zu machen, zu kochen und zu rühren. Fuchstod kochte sie und Wolfstod und verschiedene andere Arten von Tod. Das sah überhaupt nicht spaßig aus.

Gollie und Silpe rissen mehrmals aus. Jedesmal gab es von der Mutter das gleiche Wehklagen und vom Vater barsche Worte. Schließlich machten sie sich nicht mehr viel daraus. Sie fanden, Sjorhpa höre sich an wie eine im Wind kreischende Tür einer baufälligen Almhütte. Skymt klang mehr wie das Poltern von Steinen, wenn man sie auf blankes Eis warf.

Sie brannten zum Fluß durch und fuhren darauf im Frühjahrshochwasser auf Rindenscheiben abwärts. Das taten sie mehrere Male, und sie sagten zueinander, dies sei doch gar nicht so lebensgefährlich. Sie kamen zu der blühenden Insel, und diese war keineswegs so groß, wie sie angenommen hatten. Auch standen die Forellen nicht Silberrücken an Silberrücken im Fluß. Die beiden fanden nicht, daß das Wasser schwarz sei. Es war braun und klar wie ein Augenstern. Die Wollige Weide war zerrupft und nichts, worin sich ein Nest bauen ließ. Ihre Bäuschchen flogen umher und blieben überall liegen. Die beiden schwammen durch die Bibergänge, hatten die Biber jetzt doch wieder Dämme gebaut und ihre Höhlen in Gebrauch genommen. An den Ufern waren neue Birken gewachsen, die gefällt werden konnten. Sicherlich war es in den Gängen dunkel, und man mußte lange den Atem anhalten. Aber ins Totenreich hinab fuhr man darin nicht gerade. Ihnen wurde klar, daß einiges von dem, was ihr Vater erzählt hatte, nicht stimmte. Jedenfalls nicht unter den jetzigen Verhältnissen.

Schließlich waren sie so oft ausgerissen, daß die alte Tür aufhörte, im Wind zu kreischen. Und auch die Steine waren es leid, zu poltern. Eines Tages dann sagten Silpe und Gollie ihren Eltern Lebewohl und teilten ihnen mit, daß sie lange fortbleiben würden. Skymt und Sjorhpa sahen ihre schönen Kinder an, und Skymt sang folgendes Lied:

Ich spüre nicht des Herzens Gold
unter dem Brustlatz
und des Auges Silber ist fort
es glitzert nicht in der Hand.
Die Tage werden nun lang
lang und kalt huuu… uuu…
wenn ich sie nicht sehen kann
und sie nicht spüren,
mein Silber und mein Gold…

da werden die Tage lang und kalt
huuuu …
kalte Tage, lange Tage
huu huuu huuu …

Sie waren beschämt, hielten jedoch an ihrem Entschluß fest, fortzuwandern und lange auszubleiben. Als sie gingen, hörten sie den Vater noch immer singen:

Wo ist mein Silber
– wo ist es?
Ward es zu Kies im Bach?
Wo ist mein Gold
oh, mein Gold, mein Gold
ward welkes Laub
aus meinem Gold?
Huuuhuu …
kalte Tage
welkes Laub
Kies im Bach
huuuuuhuu …

Es war zu traurig. Sie wurden fast böse, so traurig war es. Silpe, der nachdenklichere von ihnen, sagte, sie sollten etwas Heldenmütiges und Großes tun, nach Hause zurückkehren und es erzählen. Dann würde ihnen vergeben. Da tat Gollies Herz einen heftigen Schlag, so als schlüge eine Forelle mit dem Schwanz; ihr war eine Idee gekommen, was sie tun sollten.

»Wir werden dieses Wesen ausfindig machen, das keinen Namen hat! Ihn, den die Hulden geholt haben oder was immer da passiert ist. Wir werden mit ihm nach Hause kommen. Dann wirst du andere Lieder zu hören kriegen!«

»Dazu müssen wir ins Fjäll rauf«, sagte Silpe. »Dort ist es gefährlich.«

»Nicht gefährlicher als hier.«

Skymt hatte sie davor gewarnt, sich in die Nähe eines großen Baus zu begeben, in dem ihre Mutter einst gefangengehalten worden war. Er hatte gesagt, dort gebiete ein Herrscher namens Glutauge. Er habe glühende Augen, die er im Schädel herumrollen könne, und vier Lakaien. Die hießen Schwarzblut, Eisenzotte, Messerzahn und Nagelpfote. Ferner sei da ein scharfer und gefährlicher Bursche namens Spitjetettan, der sie mit seinem Gerede verhexen könne. Sie sollten sich sicherheitshalber schon ein wenig Wolfsflechte an die Mütze stecken, wenn sie noch weit von dieser Stelle entfernt seien, und dann einen möglichst großen Bogen darum machen.

Gollie und Silpe schlichen sich natürlich ganz nahe heran, um zu sehen, was für ein merkwürdiges Volk da in der Höhle sei. Sie sahen lediglich eine rotäugige, mit Fetzen behangene Gestalt, die auf allen vieren kroch und Gras fraß. Sie wußten nicht, was Lakaien waren, doch rings um den Grasfresser bewegten sich Wesen, die möglicherweise so etwas waren. Die piecksten ihn ab und zu mit Stöcken. Die Geschwister saßen eine Weile auf einer Tanne und sahen zu. Ihnen erschien das Ganze eher langweilig als gefährlich, und als der Abend kam, schlichen sie von der Tanne herunter und stahlen sich davon.

Sie wußten, daß der Weg ins Fjäll durch den Krummen Wald führte. Sie waren sich jedoch unsicher, ob sie schnurstracks dort hinaufgehen sollten. Von ihrem Vater hatten sie gehört, daß das Fjäll groß sei. Es sei das größte von allem auf der Welt, hatte er gesagt.

»Das wird sich erst noch zeigen«, meinte Silpe.

Gollie hatte die Wolfsflechte an ihrer Mütze weggeworfen und das Blaue von einer Eichelhäherfeder hineingesteckt. Sie sagte, sie sei erpicht darauf, sich unverzüglich ins Fjäll aufzumachen. Doch Silpe war da anderer Ansicht. Er meinte, sie sollten zu den drei Weibsen gehen, die in einer Milchlattichmulde hausten, und fragen, wo sie glaubten, daß dieses Wesen, ihr Bruder, wohl zu finden sei.

»Woher sollen sie das denn wissen?« fragte Gollie.

»Sie haben doch einen Eisentopf, und auf dessen Grund finden sie die Wahrheit, falls sie überhaupt zu finden ist.«

»Die Wahrheit?«

»Ja, alles hat eine Wahrheit.«

»Was ist meine Wahrheit?«

»Das kann ich nicht beantworten. Die kennt man nur selbst.«

»Dann können drei Weibsen in einer Milchlattichmulde auch nicht die Wahrheit über unseren Bruder kennen.«

Silpe schwieg eine Weile. Dann sagte er, sie sollten die Weibsen zumindest bitten, es mit dem Kessel zu versuchen.

»Darin sollen alle Wahrheiten zu finden sein«, sagte er. »Es geht nur darum, sie zu entdecken.«

Gollie war damit einverstanden, daß sie die drei Weibsen besuchten, und so trotteten sie los. In keiner Milchlattichmulde konnten sie jedoch auch nur eine einzige Weibsperson finden. Sie hatten ihre Mulde wohl überbekommen und sich eine neue Wohnstätte gesucht. Also machten sich die beiden Geschwister nun zum Krummen Wald auf, um auf eigene Faust ins Fjäll zu ziehen.

Ihr Vater Skymt hatte einmal einige Worte gesagt, an die sie bald denken sollten. Im Augenblick aber dachten sie überhaupt nicht an die Eltern oder die alte Meilerstätte oder an irgend etwas zu Hause im Wald. Sie pfiffen, und die Unglückshäher pfiffen weich und ein wenig falsch zurück.

»Das sind wohl keine richtigen Freunde«, sagte Silpe.

Der Wald war voller Gold, es lag unter den Birken, und in den Bächen glitzerte es vor Silber. Wenn man zu dem Gold kam und darauf trat, raschelte es. Und wenn man eine Handvoll Silber auf dem Grund des Baches ergriff und aus dem Wasser hob, erlosch es. Sie lernten, daß das Gold unter den Bäumen nur welkes Laub war und das Bachsilber nichts als Kies. Die Luft jedoch war hoch und klar, und alle Vogelbeerrispen waren rot, und die Singschwäne flogen hoch über ihren Köpfen und schrien: »Hooo… ooo… hoo…« Ihnen war also recht wohl zumute, obgleich nichts so war, wie sie erwartet hatten.

Gegen Abend gelangten sie zu einer alten Wohnstätte mit einer nahezu eingefallenen Hütte, die gleichzeitig eine Kote war. Es gab eine richtige Tür in dem viereckigen Teil, doch die hing nur noch an einer einzigen rostigen Angel. Ein Fenster gab es auch. In dem runden Teil, der mit Torf und grünendem Moos gedeckten Kote, ragte ein blechernes Ofenrohr in den Dachtrichter hinauf.

Sie wußten, daß dort Menschen gewohnt hatten. Jetzt wohnten in der Kote nur noch Wiedergänger, und die konnten böse sein. Gleich hinter der halboffenen Tür sahen sie einen toten Fuchs liegen. Er hatte kein Fell mehr und bleckte alle seine weißen Zähne. Sie fragten sich, ob die Wiedergänger etwas mit ihm angestellt hatten, so daß sein Lebenslicht erloschen war.

»Wir gehen weiter«, flüsterte Silpe.

Sie fühlten sich beobachtet. Ja, sie waren sich absolut sicher, daß ein oder vielleicht gar mehrere Wesen sie belauerten. Doch sie konnten nicht einmal so viel wie ein Ohr aufragen sehen. Als sie sich ein Stück entfernt hatten, hörten sie eine feine böse Stimme:

»He, he, ihr da!«

Und eine andere:

»Was habt ihr es denn so eilig?«

Eine dritte schnarrte:

»Seid auf der Hut, ihr kleinen Wühlratten! Der Wald ist voller Raben und Krähen.«

»Kraiiingk… krekk… kroiiiingk!« ahmten alle drei deren Stimmen nach.

Jetzt fielen Gollie und Silpe wahrhaftig die Worte ihres Vaters ein, sie lauteten: Wer da sucht, der findet nicht. Wer da nicht sucht, der wird finden und volle Fäuste haben. Denn es waren natürlich die drei alten Weibsen. Es waren Urr, Skorr und Trödlkona. Sie hatten die Milchlattichmulde tatsächlich überbekommen und sich weiter oben niedergelassen, genau dort, wo der Krumme Wald fast zu Ende war und das große Moor unterhalb des Fjälls Giela seinen Anfang nahm.

Die Geschwister trugen ihnen sogleich ihr Anliegen vor, doch große Hoffnung, aus dem Kessel die Wahrheit zu erfahren, hegten sie nicht. Es war ja offensichtlich, daß so kleine und dürre Weibsen keinen großen Eisenkessel den ganzen Weg durch den Krummen Wald hatten heraufschleppen können.

»Wir haben etwas, was genauso gut ist«, sagte Trödlkona, und dann mußten sie um die Kote herumgehen und sich einen alten, verbeulten Topf ansehen, der im Moos eingewachsen war. Sein Boden war entzwei, und aus dem Sprung ragte Gras auf. Das soll etwas sein? Silpe wunderte sich. Ein einfacher Blechtopf?

Nun begannen die drei Weibsen feine kleine Birkenstücke aufzulesen, um in dem Topf damit ein Feuer zu machen. Sie wüßten wohl, wie ein Topf an sich benutzt werde, erklärten jedoch, daß dies die richtige Art sei, wenn es darum gehe, die Wahrheit hervorzukochen. Urr bedeckte den Topfboden mit trockenen Heidekrautbündeln, und Skorr legte Stücke von Birkenrinden darauf. Dann kam Trödlkona mit in Stücke gebrochenen dürren Tannenzweigen. Erst ganz obenauf legten sie das Birkenholz. Der Topf war nun randvoll.

Trödlkona war diejenige, die von einer geheimen Stelle unter einem Stein Glut holte. Die stocherte sie unter das Heidekraut und die Tannenzweige, und als die Glut in die Nähe der Birkenrinde kam, flammte sie auf und begann zu rauchen. Bald loderte es munter. Silpe und Gollie, die Feuer nur aus großer Entfernung kannten, war feierlich zumute und, um die Wahrheit zu sagen, auch ein wenig angst.

Das Feuer fraß gierig, zuerst vom Dürrsten und Leichtesten, es wurde rot und fauchte im Heidekraut, das schnell zu weißer Asche wurde und unter den Tannenzweigen zusammensackte. Als das Feuer an denen leckte, stieg weißer Rauch auf, der rasch grau wurde und zu qualmen begann. Dann erschienen in dem Rot gelbe und blaue Flammen, und sie glichen Raubtierzungen, die begierig über eine noch lebende Beute fuhren. Die Tannenzweige krümmten sich, und nun begann das Birkenholz zu singen. Es war wahrlich nicht nur so, als hätte das Holz verstanden, daß es verschlungen werden sollte, sondern als hätte es das auch gewollt. Es sang von seinem Tod und seiner Glut, dachte aber bestimmt nicht an seine Asche. Gollie war näher an den Topf herangetreten und stocherte mit einem Stöckchen herum. Silpe und sie waren beide bald vom Feuer erhitzt, hatten aber einen kalten Rücken, der davon abgewandt war.

Währenddessen sangen die Weibsen. Trödlkona sang vor und leitete den Gesang. Und sie sang so:

Mickel, der du am Feuer saßest
stöckertest in der Glut
Mickel, der du bliesest
stöckertest und bliesest …

Da antworteten Urr und Skorr:

Wo ist der hohe Geist?
Wo ist Mickels Fuchsseele?

Und so ging es weiter. Trödlkona brummelte zuerst allein, dann kamen die anderen mit ihren gellen und hohen Altweiberstimmen.

Klug wardst du, Mickel
wenn du stöckertest und rührtest
wenn du ins Feuer bliesest
stöckertest in der Glut und bliesest …

Wo ist der hohe Geist?
Wo ist Mickels Seele?

Sowohl Gollie als auch Silpe fragten sich, ob sie von dem Alten sängen, dem der Topf einst gehört hatte, oder von dem Fuchs, der tot im Eingang der Hütte lag. Sie hatten noch nie gehört, daß ein Fuchs Wahrheit und Klugheit besitze. Doch was wußte man schon?

Wenn die Gluten brannten
wenn dein Geist sich erhob, Mickel
dann wirbelte Rauch auf
und dann kam dich die Wahrheit an …

Wo ist der hohe Geist?
Wo ist deine Fuchsseele, Mickel?

Es hatte zu dämmern begonnen, und von der Fjällheide her blies ein kalter Wind. Sie traten näher ans Feuer, um sich zu wärmen, doch seine Hitze strahlte zurück, und es glühte und fauchte und loderte. Die Heidekrautzweige und dürren Tannenäste waren längst aufgezehrt. Nicht einmal weiße Asche war von ihnen zurückgeblieben. Das Feuer fraß sich jetzt ernstlich in das Birkenholz hinein, so daß es darin säuselte und sang. Das komme daher, daß zuoberst saftfrisches Holz liege, sagte Trödlkona. Der Saft könne das starke Rauschen der Bäche im Frühling und die Regenstürme des Sommers nicht vergessen. Er wolle zurück zum Himmel, woher alles Wasser komme.

Nachdem das trockene Holz verbrannt war, jenes, das der Alte in der Kote einst gehackt und in eine extra Brennholzkote gepackt hatte, da preßte das Feuer die letzten Tropfen Saft aus dem frischen Birkenholz, und nun brannte es, daß es in dem Topf toste. Ein solches Feuer nenne man Baumfeuer, erzählten ihnen die Weibsen. Es sei das heißeste Feuer, das es gebe. Es brenne nur in Stämmen, die weder gesägt noch gespalten worden seien und die noch voller Saft steckten. Deshalb sei es so wild und stark.

Das Rot und Gelb in den Laubkronen der Birken und Ebereschen war längst erloschen. Sterne begannen am Nachthimmel zu glitzern. Das Feuer fraß sich weiter in das frische Birkenholz hinein. Es versprühte große Funkengarben, und einmal flammte ein trockener Heidekrauthuckel auf und brannte mit kleinen gelben Flammen. Gollie lief hin und schlug mit ihrem Stock darauf, und die Weibsen lachten.

Doch weder Gollie noch Silpe fanden, daß dies etwas zum Lachen sei. Wenn es außerhalb des Topfes zu brennen anfinge, wie würde das enden? Der Wald würde dann natürlich wie ein einziges großes Baumfeuer brennen. Die Tannennadeln würden aufglühen, und das Birkenlaub flöge in schwarzen Flammen und Fetzen von den Zweigen. Wie es hinterher aussähe, daran wagten sie gar nicht erst zu denken. Sie glaubten, wenn das Feuer satt wäre und wieder in seine Glut zurückkröche, dann wäre um sie herum alles schwarz.

Sie hüpften und sprangen zwischen den Huckeln umher und löschten alle Funken, die sie entdeckten. Die Weibsen aber kreischten:

»Mag der Wald brennen! Denn nun soll die Wahrheit herfür!«

»Und sei die Wahrheit auch schwarz wie der Tod, so soll sie herfür!«

»Stöckre und blas, Mickel! Stöckre und blas! Dein Feuer sei groß!«

Gollie und Silpe fanden, daß die alten Weibsen in ihrer alten Sprache garstig redeten. Sie waren wohl noch nie so aufgekratzt gewesen.

Es war schon spät in der Nacht, als das frische Birkenholz verbrannt war. Silpe und Gollie waren erschöpft und hatten Durst. Als nur noch kleine Flammen aus dem Feuer züngelten, gingen sie zum Bach und tranken. Er floß ganz in der Nähe der Kote, so daß sie sein Wasser sahen, plätschern hören hatten sie es jedoch seit etlichen Stunden nicht mehr. Der Gesang des Feuers, der auf seinem Höhepunkt zu einem einzigen Gebrüll geworden war, hatte alles im Wald übertönt, sogar das Lied der Weibsen von diesem Mickel, der stöckerte und blies und so klug wurde.

Als sie zurückkamen, hielt Skorr Gollie, die auf das Feuer zuging, mit ihrem Stock zurück. Nun dürften sie nicht darin stochern oder stöckern, ja, nicht einmal hineinblasen, denn nun sei das Glutbett, auf das sie gewartet hätten, hervorgetreten. Darin könnten sie die Wahrheit sehen. Sie dürften es allerdings nicht berühren.

Die Glut tönte, als sie ausbrannte. Es hörte sich wie Glocken an, kleine Glocken nur, oder wie das Klirren spitzer Eissplitter. Urr, Skorr und Trödlkona entfernten sich und ließen die Geschwister bei dem Topf allein. Sie konnten die Weibsen eine Weile singen hören, leise nur.

In den Gluten glimmt es
Rauch wirbelt auf...
wo ist der hohe Geist
wo ist Mickels Fuchsseele?
Wo ist sein Geist im Rauch?

Dann war es lange Zeit absolut still. Die Glut tönte nicht mehr, lebte und irrlichterte jedoch mit starkem, rotem Licht, als sie die Köpfe darüberbeugten und auf den Grund des gesprungenen Topfes starrten. Da hörten sie etwas rascheln, und dann sagte Skorr von ferne:

»Jetzt!«

»Ja«, war Urr zu vernehmen. »Jetzt kommt er!«

Sie schienen lange zu lauschen. Dann sagte Trödlkona:

»Jetzt ist er da.«

Silpe und Gollie hatten es sehr wohl rascheln hören, hatten aber gedacht, das sei eine Schnee-Eule, die von einer Tanne zur nächsten flog, oder nur ein Unglückshäher, der seinen Nachtzweig wechselte. Jetzt merkten sie, daß ihnen alle Härchen am Körper zu Berge standen und es ihnen kalt den Rücken hinunterrieselte. Silpe war leicht übel, und Gollie schluckte und schluckte. Sie fragten sich beide insgeheim, ob ihnen da Fuchsgeruch in die Nase steche oder ob sie sich das nur einbildeten.

»Jetzt!« rief Trödlkona. »Lest in der Glut!«

Silpe und Gollie suchen nach einem großen Saal aus Glas. Vier mächtige Herrscher mit einem wunderlichen Hund nehmen Skymt in Dienst. Seine Kinder finden den Hüter des Waldes und vollbringen etwas Unvorstellbares. Ein Ring rettet sie, obwohl er nicht aus echtem Silber ist.

Die Wahrheit läßt sich natürlich überall finden. Warum also nicht auf dem Grund eines gesprungenen Blechtopfs? Gollie und Silpe sollten darüber noch viel nachdenken, während sie weiterwanderten. Sie gingen langsam und rasteten oft. Manchmal geschieht in wenigen Stunden so viel, daß man mehrere Wochen lang darüber nachdenken muß. So ging es nun auch den beiden Geschwistern, nachdem sie die drei kleinen Weibsen in dem Quartier unterhalb Gielas verlassen hatten.

Sie hatten in der Glut einen gewaltigen Raum gesehen. Einen unvorstellbar großen Raum mit Wänden aus erstarrtem klarem Wasser und funkelndem Stein. Es gab dort Säulen aus grünem Eis und Wände aus blauem Eis, und das Deckengewölbe war halb durchsichtig und von gleicher Farbe wie die Blüten der Rosmarinheide. Die alten Weibsen waren nacheinander vorgetreten und hatten von der Wahrheit gesprochen, und stets war es die eine: Nach diesem verschwundenen Bruder sollten sie in einem großen Raum aus funkelndem Eis und glitzernden Steinen fragen. Einen solchen Raum nenne man Saal, hatten sie gesagt.

Nun war die Frage, wo ein solcher Saal zu finden sein könnte. Davon hatten die Weibsen keine Ahnung gehabt. Sie hatten angeboten, noch einmal ein Feuer in dem Topf zu machen, um dem hohen Geist, was immer er nun war, Fuchs oder Wiedergänger, diese Frage zu stellen. Doch Silpe und Gollie hatten dankend abgelehnt. Sie erinnerten sich nur allzu gut an einen gewissen Geruch und ein gewisses Rascheln sowie daran, wie ihnen am ganzen Körper die Härchen zu Berge gestanden hatten. Sie wollten lieber versuchen, diesen großen Saal auf eigene Faust zu finden.

Als sie weitertrotteten, waren sie sich freilich gar nicht so sicher, daß ihnen das gelingen werde. Ein großer Saal? Aus blauem Eis und rosenrotem Stein und glitzernden Eiskristallen? Sie hatten zeit ihres Lebens lediglich verfallene Almhütten und Holzfällerhütten mit zersprungenen Fensterscheiben gesehen. Darin hatte es keine Säle gegeben.

Sie wußten folglich nicht, wo sie einen Saal aus Eis und durchsichtigem Stein suchen sollten. Sie trotteten einfach weiter ins Fjäll hinauf, ohne genauer darüber nachzudenken, warum. Es schien fast, als erinnerten sie sich an die Worte ihres Vaters: Wer da sucht, der findet nicht. Wer da nicht sucht, der wird finden und volle Fäuste haben.

Skymt dachte in dieser Zeit viel an seine Kinder. Er war besorgt, daß sie verschleppt werden könnten. Vor sich sah er, wie sie über den Wald gehoben und zwischen spitze Felsen geschleudert oder vielleicht in einen Waldsee fallen gelassen wurden. Er konnte nicht vergessen, wie tief der See Lekattsvattnet war, wie es in den Augen stach, wenn man in sein schwarzes Wasser hinabblickte. Sjorhpa tröstete ihn und sagte, dieser Waldsee liege so hoch oben, daß er keine Angst zu haben brauche, die Kinder würden darin landen. Doch Skymt nahm an, daß Gollie und Silpe ins Fjäll hinaufgestiegen waren. Warum er das annahm, das sagte er nicht. Er war sich aber nahezu sicher.

Er war jedoch auch stolz auf seine Kinder. Manchmal sang er von ihnen. Er sang davon, daß sie weit wanderten, daß ihr Herz kräftig schlage und sie Adler aufscheuchten und Fische aus reinem Silber fingen.

Er selbst unternahm nur kleine Streifzüge in den Wald. Auf einem dieser Ausflüge wurde er erneut vom Wolfsvolk gefangengenommen. Diesmal bekam er keine große Angst.

»Hört auf, mich in die Brust zu pieksen«, sagte er. »Führt mich lieber zu eurem Herrscher. Er erwartet mich.«

Und das stimmte tatsächlich. Er hatte viele Male das Wolfsvolk nach ihm rufen hören. Der Herrscher wolle ihn sehen. Der Herrscher wolle seinen Worten lauschen. Doch er war natürlich im verborgenen geblieben. Daß er diesmal in ihre Gewalt geriet, war reines Pech, vielleicht aber auch Gedankenlosigkeit. Er war alles ziemlich leid: Um eine Meilerstätte herumzutrotten. Alte Lieder zu singen. Keine Kinder zu haben. Oft schon hatte er es mit ein wenig Gedankenlosigkeit versucht, um seinen Überdruß zu vertreiben. Und nun stand er am Eingang zu Glutauges unterirdischer Höhle, und sein Herz klopfte heftig.

Da bot sich ihm ein wunderlicher Anblick.

Nagelpfote sah er und Schwarzblut. Auch Messerzahn und den nicht minder schrecklichen Eisenzotte. Was aber weideten sie da? Das war keine Vitterkuh und auch keines von den schwarzen Renen der Hulden. Vielleicht ein Hund. Ein zottiger Hund, dem Lappen und Fetzen und Fellzotteln vom Leib hingen. Sie piekten die Kreatur mit ihren in Glut gespitzten Stöcken und riefen:

»Hopp!«

»In die Höhle mit dir! Hopp, hopp!«

»Beweg dich gefälligst!«

»Du mußt jetzt rein und regieren.«

Und obwohl Skymt seinen Augen kaum traute, so sah er doch Glutauges Gesicht, das der Erde zugewandt war, und die Stimme, die da brummte, wenn sie ihn mit ihren spitzen Stöcken in die Seite piekten, war Glutauges Stimme. Er wollte hierbleiben. Er wollte auf allen vieren umherkriechen und Gras fressen.

Skymts Bewacher sagten nun, sie hätten einen Fang gemacht, und man merkte, daß sie auf ihre Belohnung warteten. Zwei von ihnen wurden in aller Eile zu STOCKSPITZERN ernannt. Einer wurde Hüter der GLUT. Das Verwunderliche war, daß Eisenzotte, Schwarzblut, Messerzahn und Nagelpfote die Ernennungen ausriefen. Glutauge brummte nur und warf den Kopf hin und her, so daß sich Fellzotteln lösten. Als er in die Höhle zockelte, hing ihm noch immer Gras in den Mundwinkeln.

Im tiefsten Teil der Höhle roch es nach Moder und altem Blut. Skymt war zum Heulen zumute, als er daran dachte, daß dort wie warmer Honig einst ein Geruch nach Anispilz und Moosglöckchen geflossen war. Er erinnerte sich, wie er die Hand ausgestreckt und Sjorhpas weichen Schwanz gefühlt hatte. Jetzt waren da nur Knochen und Schädel, gegen die er stieß, und sie glänzten matt im Schein der Glut.

Das ist ja furchtbar, wie wenige Leute hier sind, dachte er. Er sah lediglich ein paar zauselige Wächter, die versuchten, sich weiter zu den Wänden zurückzuziehen, in Spalten zu verstecken oder sich schlichtweg durch einen der vielen Reserveausgänge des Baus zu verdrücken. Ihm war klar, daß es nicht lange dauern würde, bis sie zu Schatten geworden wären. Ganz richtig sagte Schwarzblut denn auch:

»Sehr wenige Helden tragen heutzutage eine Wolfsflechte an der Mütze. Die Leute sind feig und bequem geworden.«

»Immer mehr verdrücken sich«, sagte Messerzahn.

Eisenzotte meinte, sie hätten Mäusedreck, Pest und Schleim in der Brust statt eines stählernen Herzens.

»Sie sind Schwächlinge und Kranke und Krüppel. Kurz gesagt: Nichtsnutze.«

»Niemand mehr will sich für die SACHE opfern«, sagte Nagelpfote.

Skymt fragte, was denn die SACHE sei.

»Das kann dir nur unser Herrscher sagen«, erklärte Eisenzotte.

Messerzahn piekste Glutauge, der brummte. Nagelpfote und Schwarzblut pieksten ihn ebenfalls, ein bißchen schärfer. Da fuhr Glutauge aus seinem Haufen aus welkem Laub, Knochen, Schädeln und Fellfetzen auf, in den er sich gebettet hatte, und fing an, wie ein Höllenhund zu bellen und zu belfern.

»Hört nur«, sagte Eisenzotte. »Unser Herrscher belfert über die SACHE.«

»Ja, sie ist groß«, sagte Messerzahn. »Sie ist die größte. Alle müssen sich für die SACHE opfern und Stahl im Herzen haben!«

Während er letzteres laut ausrief, trat Spitjetettan aus dem Dunkel zwischen den Steinen ganz hinten in der Höhle hervor und schrie mit schriller Stimme, die SACHE sei groß, Messerzahn, Eisenzotte, Nagelpfote und Schwarzblut seien richtige KAMERADEN, Glutauge sei ihr HERRSCHER und alle Schatten zitterten vor ihm und seinen tapferen KAMERADEN.

Seine Stimme war zittrig, und er hinkte. Sein eines Bein wirkte mehr oder weniger gebrochen und war mit Wacholderrindenstreifen geflickt. Der Fuß war zu einem Klumpen angeschwollen, und er hatte ihn mit Lappen aus Häuten verbunden. Skymt begriff, daß Spitjetettan von den KAMERADEN hin und wieder eine Tracht Prügel bezog.

Hier muß man offenbar auf der Hut sein, dachte Skymt.

»Wollt ihr einen guten Vers hören?« fragte er.

Sie hatten nichts dagegen. Hielten jedoch, wie er bemerkte, ihre Stöcke bereit. Außerdem erinnerte er sich, daß sie vor Worten Angst hatten. Daß sie sie aber auch gern hören wollten.

»Wooooolf!« sang er. »Nööööhlke!«

Und dann machte er seinen Mund ganz rund, so daß ein Wolfsgeheul herauskam. Dieses Geheul hallte zunächst und glitt dann in lange Töne über, und er sah, daß seine Zuhörer erschauderten.

»Nööööhlke! Ajajajajajajajaaa…«

Er war jetzt hochgemut, und jegliche Furcht war verschwunden. Die langen Töne vibrierten in der Luft.

»Bäääär… Biesse… ajajajajajaaa…«

Nun gab er mehr brummende Töne von sich. Er fand, daß er noch nie so gut gesungen habe, und spürte sein Blut rauschen. Lange Zeit heulte er auf diese Weise, und dann sang er den eigentlichen Vers.

Wolf und Bär
Bein und Blut
Biesse Binne Nöhlke Ulv
Blut und Bein
selbes Blut
selbes Bein
Biesse und Ulv
Skrågg und Binne
Wolf und Bär
Bein von meinem Bein im Leib
Blut von meinem eigenen Blut

Als das Lied zu Ende war, standen alle da und starrten ihn an. Sogar Glutauge hatte sich auf zwei Beine erhoben und das Gras ausgespuckt. Spitjetettan aber hinkte vor und sagte schrill:

»Das war ein wunderliches Lied. Was soll das denn bedeuten?«

Da sank Glutauge wieder auf seinen Haufen zurück, und die Kameraden Nagelpfote, Eisenzotte, Schwarzblut und Messerzahn hoben ihre Stöcke.

»Es bedeutet: ein Volk, selbe Sache.«

»Was?«

»Erinnert ihr euch nicht, wie Ulva in den Wald kam?«

Das war so lange her, daß sie davon nur noch ein schwaches, kleines Flackern im Gedächtnis hatten. Sie versuchten zwar, sich daran zu erinnern, mußten jedoch den Kopf schütteln. Nein, nein, es war zu weit weg.

»Ulva kam in den Wald und grub sich unter einem Steinblock eine Höhle. Sie gebar dort Welpen und verschwand dann. Da kam Binnen in den Wald und bereitete sich in der Höhle unter dem Steinblock ein Lager, worin sie den Winter über schlafen wollte. Doch dann gab es Krieg im Wald, und da verschwand sie.«

Jetzt erinnerten sie sich. Ein wenig.

»In der Höhle wurde ein Ei fallen gelassen oder versteckt. So war das.«

»Ein grünes Ei!«

»Daran erinnern wir uns.«

»Es gab Krieg.«

»Der Krieg ist herrlich!« schrie Spitjetettan. »Der Krieg ist stark! Niemand bezwingt den Krieg.«

»Aber eine Sache ging schief«, sagte Skymt.

»Welche Sache?« fragte Messerzahn und piekste Skymt mit seinem Stock ein wenig zwischen den Rippen.

»Die WOLFSSACHE und die BÄRENSACHE.«

»Wieso?«

Es stach jetzt an vier Stellen zwischen seinen Rippen. Doch seine Stimme war nach wie vor fest.

»Es ist nämlich dieselbe Sache.«

»Nämlich ...«

Er mußte damit rechnen, daß sie nicht alle Worte verstanden hatten, und deshalb sang er wieder:

selbes Blut
selbes Bein
Biessen und Ulv
Skrågg und Binne
Wolf und Bär
dieselbe Höhle
dasselbe Bett ...

Sie standen lange Zeit schweigend da. Dann erhob sich Glutauge wieder auf zwei Beine. Messerzahn piekste ihn mit dem Stock, so daß er umfiel. Spitjetettan sagte:

»Ach ja, wahrhaftig! Wolf und Bär sollen dieselbe Art Tier sein. Also hat der Wolf Tatzen und keinen Schwanz! Und der Bär hat spitze Ohren! Hat man so was schon gehört, he!«

Nun lachten alle, und ein paar von den kleineren Gestalten in der Schar kugelten sich gar vor Lachen. Doch Skymt ließ sich nicht aus der Ruhe bringen.

»Nicht dieselbe Art Tier«, erklärte er. »Aber ihre Sache ist dieselbe.«

Spitjetettan wollte die Kleinen wieder zum Lachen bringen, doch Eisenzotte piekste ihn in den wehen Fuß, so daß er winselnd in die Dunkelheit hüpfte. Jetzt lauschten alle Skymt, der sagte:

»Ein Volk, selbe Sache!«

Sie schwiegen ein Weilchen, dann sagte Nagelpfote:

»Das ist was, worüber man nachdenken muß.«

»Ihr hohen Herren«, sprach Skymt, »die ihr durch euren Herrscher Glutauge, den Gewaltigen und Unüberwindlichen, herrscht, ihr könnt Herrscher über das Bärenvolk wie auch über das Wolfsvolk werden. Habt ihr das schon einmal bedacht?«

Und ob sie das hatten. Oft schon.

»Wir werden diese verfluchten Scheißkerle bekriegen«, sagte Schwarzblut. »Und über sie herrschen. Auf allen vieren werden sie gehen und Moos lecken. Krikk, krikk, krikk!«

»Ganz und gar nicht«, erwiderte Skymt. »Man bekriegt nicht seine eigenen Leute. Ihr werdet euch mit ihnen zusammentun. Ich prophezeie, daß ihr stärker sein werdet denn je.«

Alle standen jetzt mit offenem Mund da. Außer Spitjetettan mit seiner spitzen Nase, der lugte aus dem Dunkel hervor und sah böse drein.

»Ich wünsche euch viel Glück«, sagte Skymt. »Ich werde jetzt gehen.«

»Du gehst nirgendwohin!« brüllte Eisenzotte.

»Doch«, entgegnete Skymt. »Ich höre einen Raben nach mir rufen. Ich beziehe all meine Klugheit von diesem Raben, und alle Worte. Wollt ihr also noch mehr Worte von mir hören, muß ich zu dem Raben gehen. Das ist mein Gesetz.«

Da ließen sie ihn gehen. Sie hatten im übrigen reichlich nachzudenken. Sie mußten nun das Bärenvolk suchen und ihm erzählen, daß sie dasselbe Volk seien. Und sie hofften, daß die Bärenleute ihnen glauben würden.

Inmitten der krummen Birken mit all ihren Porlingen stand eine einsame große Tanne. Dort machten Silpe und Gollie auf ihrer Wanderung halt. Vor ihnen breitete sich jenes Moor aus, das da Fjällflon genannt wurde. Dann kam die Heide, und sie führte stetig bergan. Weit oben sahen sie Gielas runde Kuppe. Sie sagten sich, daß dies wohl die letzte Tanne sei, die sie für lange Zeit sehen würden. Vor dieser Tanne hatten Leute ein großes Feuer gemacht. Da war ein schwarz verbrannter Kreis, und es lagen noch verkohlte Holzstücke herum. Zwischen den Kohlen fand Gollie einen Silberring. Den steckte sie sich an und band ihn ordentlich fest.

»Denk nur, daß wir Silber finden sollten!« sagte sie. »Diese Reise fängt gut an. Ich bin mir sicher, daß uns das Silber Glück bringt.«

»Das können wir brauchen«, sagte Silpe. Er war ein wenig bedrückt, als der kalte Wind vom Fjäll herabgefegt kam.

Sie krochen nun unter die Tanne und fühlten sich unter dem weiten Kranz aus Ästen sicher. Er war wie eine große Glocke oder ein fransiger Rock. Ein wenig Birkhuhnkot lag dort, und sie begriffen, daß hier auch noch andere Schutz zu suchen pflegten.

Sie saßen da und schauten aufs Moor hinaus, betrachteten all die schwarzen Löcher darin. Das Riedgras war vom Frost gebissen worden und spielte ins Gelb. In den Löchern war kaltes Moorwasser, tief genug, um sie alle beide zu ersäufen. Sie fragten sich, wie sie über das Fjällmoor kommen sollten.

»Wenn man doch nur von einem Adler hochgehoben werden könnte«, sagte Gollie.

»Adler heben nichts hoch, was sie nicht zu zerfleischen und aufzufressen gedenken.«

»Dann von einem Raben.«

»Raben haben kräftige Schnäbel und hungrige Kinder. Folglich ist das genauso unvorstellbar«, sagte Silpe.

»Das kann doch nicht unvorstellbar sein, wenn ich es mir vorstelle«, sagte Gollie. »Ich stelle mir vor, wie ich in den Klauen des Adlers hänge und er mit mir schwebt und wie kalt die Luft ist. Jetzt kommt er in wärmere Luft, und dann steigt er eine Weile. Ich sehe Giela unter mir, die runde Kuppe. Sie ist alt und grau und abgeschliffen. Ich sehe goldene Deckchen, die die Hulden auf den Hängen des Fjälls ausgebreitet haben. Die Wolken wandern hoch über mir und dem Adler am Himmel. Wenn sie sich einen Spalt weit öffnen, erscheinen Karos aus Sonnengold. Weit unter uns sehe ich Raben fliegen, und noch weiter unten sehe ich Krähen und andere neidische Tiere. Ich aber schwebe mit dem Adler hoch oben und höre das Rauschen seiner gewaltigen Schwingen! All das stelle ich mir vor, also ist es doch keineswegs unvorstellbar.«

Dem mußte Silpe beipflichten.

»Wir können uns natürlich auch vorstellen, daß

wir selber Flügel haben und über den großen Moorsee fliegen«, sagte er. »Wir fliegen über all die Löcher mit schwarzem, kaltem Wasser. Wir haben eine Brust wie ein Auerhahn, denn denk nur, was für Brustmuskeln man haben muß, um die Flügel bewegen zu können. Wir fliegen und fliegen über den Moorsee hin. Natürlich ist das nicht unvorstellbar.«

Doch es bringt uns dem Fjäll nicht näher. Keine Spur. Das wollte er Gollie nicht sagen. Sie würde traurig werden. Er sagte nur, er wisse nicht ganz sicher, wie stark Gedanken sein können.

Da sagte eine Stimme:

»Knirp, knerp, knarp!«

»Was war das?« fragte Gollie leise.

»Weiß nicht. Vielleicht ein Borkenkäfer.«

»Kniirrrp ...«

Die Stimme klang jetzt sauer.

»Guten Tag«, sagte Silpe höflich. »Wir sind fremd hier so hoch oben und kennen uns nicht so gut aus. Wer spricht da mit uns?«

»Wer spricht?«

Silpe glaubte, er würde nachgeäfft, doch Gollie ließ sich nicht aus der Fassung bringen und nannte ihre Namen.

»Woher kommt ihr?«

Silpe sagte, sie seien zwei Wanderer aus ... ja. Da fiel ihm nichts mehr ein.

»Ich weiß nicht, wie unser Wald heißt. Wir nennen ihn immer bloß Wald. Er liegt unterhalb des Krummen Waldes. Es gibt sehr viele große Rottannen dort.«

»Aha, ihr kommt aus dem Verschonten Wald.«

Sie wußten nicht, daß er verschont war, und Gollie fragte, was das zu bedeuten habe.

»Daß er hat stehenbleiben dürfen, du kleine Idiotin.«

»Stehenbleiben?«

»Stehenbleiben, ja.«

»Er kann ja auch gar nicht weggehen«, entgegnete Gollie fast aufmüpfig. Dieser Knirper da oben in der Tanne sagte jedoch nur:

»Warte nur ab!«

Er schien näher zu kommen, denn die Stimme klang jetzt lauter. Er kletterte vielleicht gerade zu ihnen herunter.

»Bist du ein Baumhirsch?« fragte Silpe.

»Pfaff!« ertönte es.

»Er meint ein Eichhörnchen«, erklärte Gollie, die dachte, der Knirpknarp da oben könne vielleicht nicht so viele Sprachen.

»Was seid ihr nur für stumpfsinnige Mohren! Wißt ihr nicht, daß Tiere für sich allein bleiben?«

Sie wußten nicht, was Mohren waren, begriffen aber, daß es sich nicht um Tiere handelte.

»Wir haben immerhin mit dem einen oder anderen Star gesprochen«, sagte Gollie. »Und unser Vater ...«

»Wißt ihr nicht, daß Stare andere nachahmen?«

»Neeein.«

»Was wißt ihr überhaupt?«

Da fiel ihnen beiden nichts mehr ein. Wie sollten sie sagen können, was sie wußten? Meinte er das, was sie sicher wußten? Oder das, was sie annahmen. Dazu noch all das, was nicht unvorstellbar war. Wußte man das – oder war das nur Luft?

Sie flüsterten miteinander, bevor sie antworteten, und Gollie sagte, sie glaube nicht, daß Gedanken Luft seien, aber sie wisse nicht genau, was Gedanken eigentlich seien. Vielleicht Funken.

»Wir wissen wohl nicht sehr viel«, sagte Gollie und klang für ihre Verhältnisse ungewöhnlich mutlos. Das schien diesem Knorp die Laune zu heben.

»Ich heiße Fältling«, sagte er, »und ich weiß so manches. Ich kann vielleicht behilflich sein. Ich habe gehört, daß ihr vorhin überlegt habt, zu fliegen. Das könnt ihr vergessen.«

»Das ist ja keine große Hilfe«, flüsterte Gollie ihrem Bruder zu.

»Vielleicht doch«, erwiderte Silpe. »Wir wären sonst womöglich ertrunken. Wenn wir es versucht hätten.« Laut sagte er:

»Es wäre schön, wenn wir einander sehen könnten.«

»Ich sehe euch«, entgegnete die Stimme aus dem Inneren der Tanne.

»Wir würden dich auch gern sehen«, sagte Gollie.

»Es ist fast unmöglich, mich auszumachen«, sagte er, der sich Fältling nannte. »Ich lebe in dieser Tanne. Sie heißt Schutztanne. Hier pflegen die Leute Feuer zu machen und Kaffee zu trinken. Der Ring, den du dir angesteckt hast, ist nicht aus Silber, wie du glaubst, du kleiner Dummbatz. Der ist nur Talmi. Dank meines Sitzes hier in der Tanne weiß ich so manches. Das Gerede der Leute ist mir nicht unbekannt. Sie reden, ich horche. Sie wissen nichts von mir. Aber einer Sache könnt ihr wie auch sie versichert sein: Solange ich hier bin, bleibt der Wald bestehen.«

Da rauschte es, und es wurde schwarz. Dann leuchteten wieder eisig das Licht und der blaue Himmel. Ein schreckliches »Kroiiiiink!« ertönte. Gollie spürte einen tiefen und scharfen Hieb im Rücken und schlug in ihrem Schreck die Arme um Silpe.

»Hol's der Teufel!« rief Fältling aus dem Inneren der Tanne. »Ihr fliegt!«

Ja, sie flogen. Der Fjällflon mit all den gelben und feuerroten, dunkelbraunen und braungrünen Schattierungen des Rieds lag unter ihnen. Die schwarzen Löcher glänzten.

Weh, weh tat es in Gollies Rücken. Silpe hing an ihr fest, so gut er irgend konnte. Er hatte schon einen Krampf in den Armen. Doch tatsächlich, sie flogen.

Ein Rabenflügel hatte alles schwarz werden lassen. Ein Rabenfauchen hatte sie über den Moorsee gehoben. Kräftige schwarze Rabenklauen hatten Gollie am Rücken gepackt. Die Flügel rauschten. Sie warfen schwarze Schatten über die Geschwister, und die Schatten wechselten mit Sonnengefunkel, das derart gleißte, daß es in den Augen schmerzte. Fliegen? Fliegen... Stelle ich mir das bloß vor oder geschieht es, fragte sich Silpe. Doch er konnte nichts sagen. Er hielt sich nur fest. Und Gollie weinte vor Schmerz.

Nachdem der Rabe über den ganzen Fjällflon geflogen war, ging er nieder. Seine Beute ließ er auf einen Huckel mit Krähenbeerengestrüpp fallen, so daß die beiden immerhin einigermaßen weich, wenn auch gleichzeitig rauh landeten. Der fürchterliche Schmerz im Rücken hörte auf. Jetzt hielt der Rabe Gollie mit seinen beiden klauenbewehrten Füßen fest und begann auf ihr herumzuhacken.

Jetzt holt uns der Tod wie kleine Lämmer, dachte Silpe. Die Kiefer des Bären umfangen uns, er stinkt aus dem Rachen. Wie neugeborene Renkälber sind wir unter den schauerlichen Schwingen des Adlers. Uns zittern die Knie. Wir sind haarlose Wühlmäuse, die die Sumpfohreule geschlagen hat. Jetzt ist es aus. Lebt wohl, Papa und Mama.

Er hätte sich davonschleichen können, während der Rabe auf Gollie einhackte. Doch das tat er nicht. Er packte so ein hartes, riffliges Rabenbein und schlug seine Zähne hinein. Den Raben schien das nicht im geringsten zu beirren.

»Du höllisches Rabenaas!« piepste Silpe. »Du vermaledeiter Rabenstrolch! Verschwinde!«

Und, o Wunder, er verschwand. Doch nicht deswegen, weil Silpe schrie und biß, sondern weil der Rabe bekommen hatte, was er haben wollte. Und das, was er haben wollte, war ein glänzender Ring. Er glaubte womöglich, der sei aus Silber.

»Habe ich es nicht gesagt, daß uns dieser Ring Glück bringen wird?« fragte Gollie, nachdem sie sich ein wenig erholt hatte.

Sjorhpa hat ein Geheimnis vor Skymt. Gollie und Silpe treffen auf zwei weitere Hüter. Sie wissen nun, wie sich Gielas alte Kuppe unter den Füßen anfühlt und wo die Spalte, die alles Leben an sich zieht, gelegen ist. Der dritte Hüter gibt ihnen Urgedenkens Zeichen.

In diesem Herbst dachte Sjorhpa oft daran, wie es früher gewesen war. Es machte sie traurig, und Skymt sagte, sie solle daran denken, wie es jetzt sei.

Sjorhpa fand nicht, daß es jetzt besser sei.

»So vieles ist verschwunden«, sagte sie.

Sie dachte an die großen, freundlichen Kühe mit der runden Stirn und den schwarzen Flecken, Kreisen und Punkten auf dem weißen Haarkleid. An die Ziegen dachte sie, an deren schlenkernde Hängebacken, die gebogenen, geriffelten Hörner und an die gefleckten Euter, die die Milch zu großen, strotzenden Beuteln anschwellen ließ. An die gelben Augen, die wie schöne Steine funkelten und in denen ein langer, schwarzer Spalt war. An die großen Böcke, die mit schwingenden Hoden umhergingen und ein langgelocktes, graugelbes Fell hatten. Sie dachte auch ein wenig an die Schafe, die gutmütigen Mutterschafe, die mit ihren Lämmern hinter sich durch den Birkenwald wackelten. Ihr war fast, als hörte sie die Glocke der Leitzibbe scheppern, und sie dachte daran, wie mutig diese war, wenn sie vor dem Bären stand und mit den Vorderhufen stampfte.

An all das dachte Sjorhpa inständig, sagte aber nichts davon. Statt dessen ging sie für sich allein im Birkenwald bergan und lockte jodlig. Nicht sehr und nicht besonders laut.

»Lu lu luuu… lululu薄uuu…«

Mehr war es nicht. Es war nicht weithin zu hören.

Was ist verkehrt daran, betrübt zu sein, fragte sie sich. Und warum soll man immerzu an jetzt denken?

»Luluuu… lillelulleluluuuu…«

Eines Morgens, als sie am Rand einer kleinen feuchten Moorsenke saß, fiel es ihr ein, zu rufen:

»Kleine Muhkuh! Kuhkinderchen mein! Kuhkuhkuhkuhkuh… Kuhlemuh! Kommt zu Mama! Kommt zu Mama!«

Sie schloß die Augen, während sie rief. Als sie wieder aufsah, entdeckte sie unten im Moor zwei Kühe. Sie gingen durch das rote Gras. Es war nicht ganz einfach, sie im Auge zu behalten, da sie manchmal in einem Nebelstreifen verschwanden. Sjorhpa glaubte auch ein paar runde, wollige Rücken zu sehen. Da rief sie:

»Zibbelämmchen! Schäflein klein! Zibben mein! Zibben mein! Kommt, so kriegt ihr Salz!«

Sie schloß auch jetzt die Augen. Als sie sie wieder aufschlug, sah sie eine kleine Herde grauer

Schafe sich vom Waldrand her nähern. Ihr war, als blieben sie zögernd stehen und schnupperten. Die sind wohl halb wild, dachte sie. Und dann lockte sie sie wieder ganz leis.

»Zibben mein! Schäflein klein! Haben die Schäflein feine Kinderchen? Kommt her, zeigt eure Kinderchen… kommt, kommt, kommt nun, Schäflein…«

Jetzt traten sie hinaus aufs Moor und waren ganz dicht bei den zwei Kühen. Es waren vier Mutterschafe und fünf oder sechs Lämmer. Sie waren schwer zu erkennen, denn der Morgennebel strich fortwährend über das Riedgras. Wenn er sich hebt, dachte Sjorhpa, werde ich sie richtig sehen. Ich frage mich aber, ob die Kühe schwarze Punkte haben. Sie wirken ein bißchen grau.

Sie rief nach den Kühen.

»Goldrose!« rief sie. »Silberfein… kommt, kommt!«

Dann rief sie die Mutterschafe, doch nur mit: »Schäflein klein!« Sie ahnte, daß diese keine Namen hatten.

Sind Viecher hier und Schafe, dann ist da bestimmt auch eine graue Geiß, die Silberklecks heißt. Und vielleicht noch ein paar mehr. Also rief sie nach den Ziegen und nannte sie bei den Namen, von denen sie wußte, daß es die ihren waren. Das waren Goldsproß, Rosi, Äpfelchen und Silberklecks. Sie kamen ebenfalls etwas näher, als sie ihre Namen hörten. Dennoch blieb die gesamte Schar der Tiere weiterhin auf der anderen Seite des Moores, und es schien fast so, als suchten sie den Nebel. Sie sind verwildert, dachte Sjorhpa und war den Tränen nahe. Niemand hat sich um sie gekümmert.

Sie hatte gedacht, sie bekäme die Tiere deutlicher zu sehen, wenn es hell geworden wäre. Als jedoch die Sonne über den Tannen aufging und den rauhen Nebel aus dem Moor glühte, so daß er wie aus einem Topf in Wirbeln verkochte, sah sie überhaupt nichts mehr. Sie war völlig geblendet. Als der Sonnenschein ruhig und beständig war und sich ein jeder Riedgrashalm deutlich abzeichnete, gab es keine Kühe zu sehen, keine Schafe und keine Ziegen. Sie waren verschwunden.

Sie grübelte viel darüber nach, doch Skymt sagte sie nichts davon. Eines Morgens ging sie wieder zu dieser kleinen feuchten Senke. Der Tag brach an. Ein Auerhahn stieg in den Moltebeerenhuckeln umher und pickte nach Beeren. Er erwischte wohl nicht viel, denn die Multbeeren waren längst weich geworden und ins Moos gefallen. Der Hahn erhob sich schwerfällig und flog geräuschvoll davon.

Da rief Sjorhpa wieder. Und die beiden Kühe erschienen. Sie kamen nicht ganz prompt. Sjorhpa sah sie zunächst zögernd an der Stelle stehen, wo der Nebel am dichtesten war. Nach ihnen kamen die Ziegen und als letztes die Mutterschafe mit ihren Lämmern. Sjorhpa lockte sie jodlig und begnügte sich damit, sie von ferne zu sehen. Es war nicht möglich, sie näher heranzulocken. An diesem Morgen ging die Sonne hinter dichten Wolken auf, und der Nebel hielt sich lange. Schließlich regte sich darin nichts mehr, und Sjorhpa begriff, daß die Tiere sich wieder in den Wald zurückgezogen hatten. Da ging sie nach Hause zu Skymt. Sie sagte jedoch nichts von den Tieren, die sie hervorgelockt hatte.

Skymt gewöhnte sich daran, daß sie eine kleine Runde machte, wie sie sagte, und das fast jeden Morgen. Sie lockte jodlig und rief jetzt lauter, wohl wissend, daß er sie hören konnte, wenn der Wind aus der richtigen Richtung kam. Er wußte jedoch nicht, wen sie da herbeirief.

Je mehr sie von ihnen sah, desto besser verstand sie, daß sie von besonderer Art waren. Vor allem waren sie so klein. Und die Kühe hatten weder Flecken noch Punkte. Sie waren genauso grau wie die Schafe und Ziegen. Sie wollten nicht zu ihr kommen, um Salz zu kriegen, und das war auch gut so, denn sie hatte gar keins. Die ersten Male, da sie sie gelockt hatte, hatte sie sich dafür geschämt, ihnen Salz vorgegaukelt zu haben. Doch das schien ihnen nicht so wichtig zu sein.

Solch kleine Kühe, dachte sie, hat es auf den Almweiden nie gegeben. Grau sind sie, und sie verschwinden so leicht wie Nebelbäuschchen. Nein, das sind keine Kühe und Ziegen, wie Leute sie melken, und diesen Schafen scheren sie die Wolle nicht.

Skymt sagte sie nichts davon, doch im stillen ahnte sie, daß es Huldenkühe waren. Und mit den Ziegen und Schafen verhielt es sich genauso. Es waren Vittertiere oder das Vieh von Hulden. Sie war so überzeugt davon, daß sie seine Meinung dazu gar nicht hören wollte, sondern das Ganze für sich behielt.

Jeden Morgen stand sie auf und sandte Lockrufe in den Wald, und jeden Morgen war sie gleichermaßen froh, wenn sie sah, wie sich im Riedgras etwas regte und, grau wie der Nebel, die Tiere herauskamen, wie sie sich fernhielten, doch nichts dagegen hatten, daß sie jodlig lockend für sie sang und sie bei ihren schönen Namen nannte.

Zur selben Zeit, da Sjorhpa sang, waren Gollie und Silpe auf dem Weg ins Fjäll. Sie gingen mit raschen Schritten, denn die Heide war trocken und fest und so leicht begehbar, daß es ihnen vorkam, als hätten sie Flügel an den Füßen. Sie wanderten nun fort von allem, was traurig war, fort von Verdruß und Kummer jeglicher Art. Der Himmel war klar und kalt und blau, und er war keineswegs ein Tuch, wie sie geglaubt hatten, als sie noch klein waren. Nachts war das Tuch schwarz und zusammengefallen gewesen, und dann krochen Ohrwürmer darin. An Sommertagen dagegen war es von warmer und duftender Luft erfüllt worden, so daß es sich gespannt und gleich der Haube einer Glockenblume die Welt umhüllt hatte.

Nun begriffen sie, daß der Himmel kein Tuch war. Man konnte ihn nicht anfassen, nicht einmal daran herumstochern. Es war nicht möglich, darin zu wohnen. Doch darin fliegen, das konnte man, das wußten sie nun.

In Wahrheit waren sie ja nur ein Stück über dem Fjällflon geflogen. Doch so hatten sie das nicht in Erinnerung.

»Denk nur, wie wir dort oben im Himmel geflogen sind!« sagte Silpe. »Blau war es und kalt und klar. Da hatte man das Gefühl, als wüßte man alles auf der ganzen Welt.«

»Er hat auch kein Ende genommen, der Himmel«, sagte Gollie. »Er reichte immer nur weiter und weiter. Wir hätten unser ganzes Leben lang darin fliegen können, ohne an sein Ende zu gelangen.«

Am Ende von kleinen wie großen Seen war oft ein Bach, in den das Wasser mündete, wie Silpe wußte. Er sann eine Weile darüber nach, ob der Himmel wohl irgendwohin münde, war jedoch überzeugt davon, daß dem nicht so war.

»Wir sind geflogen und geflogen«, sagte er. »Das war schon was anderes, als auf der Erde herumzukrabbeln wie die Asseln.«

»Vielleicht dürfen wir ja wieder fliegen«, sagte Gollie. »Ich glaube, so soll es sein.«

Je länger sie unter dem Himmel dahingingen, desto begieriger waren sie, jemandem zu erzählen, daß sie darin geflogen waren. Doch es dauerte bis zum Abend, bis sie auf ein Lebewesen trafen, mit dem sie sprechen konnten.

Sie lagerten an einem Bach und hatten soeben ihren Durst gelöscht, als es hervorlugte. Sie grüßten höflich und nannten ihre Namen. Der andere tat desgleichen, allerdings nicht sofort. Er war nämlich sehr schüchtern und behauptete zunächst, keinen speziellen Namen zu haben. Er lebe allein an dem Bach. Quaker und Falter seien seine einzige Gesellschaft, und die machten sich nicht viel aus Namen.

Gollie fragte, ob sie seinen Freunden Quaker und Falter guten Tag sagen könnten. Da erwiderte das Wesen, daß dort ein Quaker hüpfe. Sie sahen einen kleinen grünen Frosch mit schwarzen Flekken auf dem Rücken hinter einem Riedgrashuckel verschwinden. Als es am Abend schummriger wurde, kamen kleine weiße Schmetterlinge und wimmelten und schwärmten um sie herum, und da lachte ihre neue Bekanntschaft und sagte, sie sollten die Gelegenheit wahrnehmen und ihnen guten Tag sagen. Er wurde immer aufgekratzter und seine Schüchternheit immer geringer. Jetzt rückte er damit heraus, daß er Augenstecher heiße.

Da dies dasselbe ist wie eine Libelle, hielten die Geschwister es gar nicht für so dumm, geglaubt zu haben, Quaker und Falter seien die Namen von Augenstechers Freunden. Sie fühlten sich jedoch brüskiert und sagten nichts. Sie erzählten auch nicht, daß sie im Himmel umhergeflogen seien. Dagegen fragten sie, ob er einen Saal aus funkelndem Eis und glitzernden edlen Steinsorten kenne. Er kannte keinen Saal. Er kenne eine Düne auf dem Grund des Baches, sagte er. Sonst nichts.

»Aber die kenne ich gut.«

Es war nun schwarze Herbstnacht. Der Mond rollte hinter grauen Schleiern und Wolkenfetzen herauf, die ihm über das alte Gesicht jagten. Augenstecher war richtig in Fahrt und erzählte Dinge, von denen sie nicht wußten, ob sie sie glauben sollten. So behauptete er zum Beispiel, zu wissen, ob die Forelle in diesem Jahr im Bach laichen würde oder nicht.

»Das macht sie doch immer«, sagte Silpe.

»Sei dir da nicht so sicher«, erwiderte Augenstecher.

»Wäre man sich nicht sicher, daß die Forelle laichen wird, dann könnte man genausogut daran zweifeln, daß die Sonne morgen aufgehen wird«, sagte Gollie. »Sie muß doch laichen, damit es neue Forellen gibt.«

»Die Forelle laicht im Kies des Baches, wenn sie kann. Wenn jemand kommt und die Bäume ausreißt und den Bach trockenlegt, dann laicht sie nicht. Wenn der, der kommt, schwarz scheißt und dieser Kack sich auf den Grund des Baches legt, dann wird nichts aus dem Laichen. So ist das.«

Was sollten sie glauben?

»Verlaßt euch nur auf mich«, sagte Augenstecher.

Vor dem Einschlafen flüsterten sie miteinander, Augenstecher glaube womöglich, daß er es sei, der den Bach und alle Waldseen hüte. »Es passiert leicht, daß es einem ein bißchen in den Kopf steigt, wenn man ganz allein ist«, sagte Silpe. »Hatte nicht auch Fältling geglaubt, daß er es sei, der den Wald hüte, damit dieser sich nicht davonmachen könne?«

»Ich weiß nicht«, gab Gollie leise zurück. »Er hat das übrigens nicht so gesagt. Er hat gesagt: Solange es mich noch gibt, gibt es auch den Wald.«

»Wer sollte den Wald wegnehmen?« fragte Silpe.

»Der Sturm vielleicht.«

»Aber einen ganzen Wald!«

»Worüber flüstert ihr?« wollte Augenstecher wissen, und er klang so barsch, daß sie beschlossen, still zu sein und zu schlafen.

Ja, nun waren sie dem Hüter des WALDES und dem Hüter des WASSERS begegnet. Als sie weiterwanderten, fragten sie sich, was für Größen sie wohl noch begegnen würden, die sich da in ihrer Einsamkeit aufgeblasen hatten und zu kleinen Leuten boshaft waren. Sie wären gern auf jemanden gestoßen, der wußte, wo ein Saal aus Eis zu finden war. Es sah jedoch ganz so aus, als gäbe es nicht viele solcher Leute. Gollie sagte zu ihrem Bruder, sie hoffe fast, daß sie an diesem Tag überhaupt niemandem begegneten. Es war ein so sonniger und schöner Herbsttag. Die Blätter der Alpen-Bärentraube hatten klarrote Teppiche über alle Steine gebreitet. Die Zwergbirkenblätter waren gelb und rot und braun und grün, und manche sahen aus wie Gold. Mit den Moltebeerenblättern war es noch ärger. Manche wirkten fast schwarz, so dunkel waren sie. Andere waren knallgelb und hatten schwarze Tupfen, und dann gab es welche, die nach wie vor grün waren und nur leicht ins Rot spielten.

»Wenn all diese Farben einen Namen brauchten, dann gingen die Namen aus«, sagte Silpe.

»Ich glaube, die sind schon ausgegangen«, erwiderte Gollie, »denn Vater hat gesagt, daß jedes kleine Viehzeug seinen eigenen Namen habe.«

Sie dachten einen Moment lang an die Wolken von Gnitzen und Mücken in der Luft und an die Schwärme von Wespen und an alle Blumenfliegen und Hummeln und Bremsen und Käfer und Bohrer.

»Wenn die alle ihren eigenen Namen haben sollen«, sagte Silpe, »dann kann man froh sein, daß man einen abbekommen hat.«

»Denk doch nur an einen Augenstecher«, sagte Gollie. »Oder an ein Langbein und einen Kanker.

Die heißen ja auch Libelle und Schnake und Spinne. Das sind schon doppelt so viele Namen. Es braucht viele, da sei dir mal sicher. Vater wußte wahrscheinlich gar nicht, wie recht er hatte.«

Die Bäche warfen silberne Schleifen in die Höhe. Die Geschwister wanderten in der klaren Luft leicht dahin, und Unannehmlichkeiten und Ungemach waren weit weg von ihnen.

»Und alles Unglück«, sagte Silpe.

Gollie stimmte ihm zu, daß viel über Unglück gequatscht werde, wenn man mit älteren Leuten zusammen sei. Dann gab es traurige Lieder und schauriges Gerede. Die Welt schien demnach voller Verrückter und Schreihälse, Mörder und Peiniger zu sein.

Sie wanderten im Sonnenschein. Abends kuschelten sie sich aneinander und unterhielten sich leise, bevor sie einschliefen, denn da gruselte ihnen ein wenig. Sie hörten den Eisfuchs in der Ferne bellen, und der Mond schien nach wie vor Spinnweben vor seinem alten Gesicht zu haben. Sie erinnerten einander daran, daß sie nicht vergessen dürften, ihren verschwundenen Bruder ausfindig zu machen. Bei Tag war es leicht, alles Schwierige zu vergessen. Bei Nacht kehrte es zurück, und dann hatten sie das Gefühl, als säuselte und raschelte es überall. Da war jedoch niemand, der etwas hätte sagen wollen. Da waren nur das Rascheln, das raschelte, und das Säuseln, das säuselte, so ganz für sich allein. Es gab niemanden, den man etwas hätte fragen können.

»Mama hat gesagt, daß die Hulden Kinder holen«, wisperte Gollie.

»Das dürfen wir doch nicht glauben«, erwiderte ihr Bruder. »Mama hat es so mit Traurigkeiten.«

»Aber wenn die Hulden unseren Bruder geholt haben, dann können sie auch uns holen.«

»Falls wir nicht selber Hulden sind, ja.«

»Glaubst du, daß er tot ist?«

Das war ein merkwürdiges Wort. Es kam genau in dem Augenblick, als der weiße Mond aus seinen Fetzen hervorlugte. Er sah aus wie ein kahler Schädel, beingelb und bös. Sie wußten nicht, was Totsein war.

»Wir müssen das herausfinden«, sagte Gollie.

»Ich weiß nicht«, sagte Silpe. »Vielleicht wäre es am besten, es zu lassen.«

Am Morgen war der Himmel wieder blau, und sie sahen einen Adler emporschweben, seine fransigen Schwingen ausbreiten und schweben und schweben, so als habe er keine Sorgen der Welt und keine Sehnsucht und keine Lust, woanders zu sein als dort, wo er war. Da vergaßen sie die Hulden und den Tod und den bleichen Mondschädel. Doch ihren Bruder vergaßen sie nicht, und sie nahmen sich vor, den ersten, dem sie begegneten, nach dem Saal aus Eis zu fragen. Dort würden sie schließlich erfahren, wo ihr Bruder sich befand. Wenn drei kleine Weibsen mit einem Blechtopf denn überhaupt etwas wußten.

Sie waren jetzt so weit gegangen und so hoch hinaufgekommen, daß sie sich auf Gielas Kuppe befanden. Sie sahen alle Fjälls in einem Kranz um sich herum und waren erstaunt, als sie begriffen, wie groß die Welt in Wirklichkeit war. Die nahen Fjälls waren braun und grau wie alte Mäuseschädel, besonders Giela. Das mußte ein uraltes Fjäll sein, denn die entfernteren, die jungen mit den spitzen Gipfeln, waren blau. Dunstblau und nebelblau und blau wie taubenetzte Rauschbeeren. Oben angelangt, waren die Geschwister müde, und sie krochen zwischen die Steine eines Wegezeichens und bereiteten sich dort ein Nest aus trockenem Gras.

An diesem Abend unterhielten sie sich wieder ein wenig über die Hulden. Silpe konnte nicht verstehen, weshalb sie Kinder holten.

»Mama hat gesagt, daß sie das schon seit Urgedenken tun.«

»Vater hat gesagt, daß es genauso lange schon Krieg gebe«, sagte Gollie. »Krieg habe es seit Urgedenken gegeben.«

»Urgedenken scheint viel auf dem Kerbholz zu haben«, bemerkte Silpe. »Den müßte man mal zwischen die Finger kriegen und ihm ordentlich einheizen.«

»Er ist vielleicht tot.«

»Das glaube ich nicht. Es sind jetzt einfach nicht seine Zeiten. Vater jammert doch auch ständig darüber, daß jetzt nicht mehr seine Zeiten seien. Immerhin aber lebt er.«

Wenn man eine Bergeshöhe erklommen und die ganze Welt und alle seeblauen und dunstblauen und nebelblauen und rauschbeerenblauen Fjälls gesehen hat, dann gibt es dort oben nicht mehr viel anderes zu tun, als wieder abzusteigen. Das dauerte seine Zeit. Der Berg unter der Matte aus Krähenbeeren und Flechten und Moos wirkte alt und hart. Es war Gollie, die zu überlegen begann, was wohl unter dieser harten Schale sein mochte. Silpe sagte, da sei von oben bis unten Stein und Stein und nochmals Stein.

»Das glaube ich nicht. Hast du jemals einen so großen Stein gesehen?«

»Ja, diesen hier.«

Sie waren nun am Fuß des Berges angelangt und saßen in einem tiefen Tal zwischen den beiden Fjälls Giela und Geitkjölen. Diese waren so verschieden, wie Fjälls es nur sein konnten. Giela war rund und weich, Geitkjölen kantiger und hatte zwei Gipfel.

Die Geschwister saßen an einen Stein gelehnt und rasteten. Rings um sie war tiefes, grünes, feuchtes Moos. Da waren die Rosmarinheide mit ihren Glöckchen und die Glockenheide mit den ihren. Da waren Krähenbeerensträucher mit bereits schwarzen Früchten. Da war dieser kleine Farn, der Gebirgs-Frauenfarn heißt, und da waren natürlich Zwergbirken mit runden Blättern in Gelb und Rot.

»Jetzt gilt es«, sagte Silpe.

Es war ihnen beiden durchaus klar, daß sie sich etwas einfallen lassen mußten, wenn sie auf ihrer Suche nach dem Bruder weiterkommen wollten. Doch ihr Kopf war ebenso leer wie der große Himmel über ihnen.

Da entdeckten sie in einiger Entfernung drei weidende Böcke. Sie wußten nicht, wie lange die schon da waren, ohne daß sie sie gesehen hatten. Die Böcke waren gelbgrau und hatten gewaltige krumme Hörner. Der markante Bocksgeruch war weithin wahrnehmbar.

»Was für Biester!« sagte Gollie.

»Und wie weit sie heraufgekommen sind.«

Sie betrachteten deren lange Kinnbärte und die schweren Hoden, die in ihren Säcken hingen. Daß die Leute die Böcke ins Fjäll schickten, damit die Geißen und die Zicklein ihre Ruhe hatten, das hatte ihnen Sjorhpa, ihre Mutter, erzählt. Kein Wunder, daß Böcke oft schlechte Laune haben. Ein strenger Geruch umgab sie, ein richtig ätzender Gestank. Sie scharrten mit ihren scharfen Hufen in den Huckeln und schnaubten, und manchmal rieben sie ihre Hörner an Steinen, daß das Moos stob. Die Hörner waren, krumm und borkig, während vieler Jahre gewachsen. Derlei Tiere verloren ihre Hörner nicht, das wußten die Geschwister von ihrer Mutter. Die Rene und die Elche werfen ihre Geweihhälften ins Moos ab, zuerst die eine, dann die andere. Nach einer Weile bekommen sie neue, mit Bast umhüllte Geweihknospen, die wachsen und sich gabeln. Diese Biester hier dagegen behielten ihre Hörner, und sie hatten all ihr altes, trübes Gemüt, alle Kränkungen und allen Schimpf Schicht auf Schicht in hartem Horn gesammelt. Deshalb schnaubten sie auch ständig.

Weidend zogen die Böcke ins Tal hinunter, das dort eine tiefe und feuchte Spalte bildete. Es bestand also keine große Gefahr, daß sie die Geschwister entdeckten. Dort unten war das Gras grüner und saftiger als irgendwo sonst. Da wuchs Erzengelwurz, die kräftig und gut roch, und die Samenträger der Brustwurz standen noch da und wiegten sich im Wind. Da wuchs auch die Blume mit den fleischigen Blättern, die Speckkraut genannt wird, und Gollie fragte sich, ob diese Untiere auch das fräßen.

In dem Moment, als der erste Bock über den Steilhang in die Spalte hinuntersteigen wollte und die anderen im Begriff waren, ihm hinterherzugehen, ertönte ein gellender Schrei, gefolgt von einigen giftigen Wortschwallen und Tiraden. Die Böcke machten einen Satz und schnaubten. Noch weitere Tiraden, wütend wie Hornissengesumm. Sehr viel mehr an Stimme hatte er nicht, der da summte und zischte und eine Schimpfkanonade abfeuerte. Merkwürdigerweise aber reichte sie aus. Die Böcke hopperten fort. Felle und Hängebacken, Kinnbärte und Hoden wippten. Sie kamen richtig auf Trab.

Gollie und Silpe fanden das merkwürdig. Wieviel Macht doch in so einem wütenden Stimmchen steckte! Die Ziegenböcke schuckelten nun davon, ohne sich umzudrehen und nachzusehen, wer sie da gestört hatte. Bald verschwanden sie hinter den sanften Hügeln mit den kleinen Birken. Der Wind erfaßte den Bocksgeruch, und auch der verschwand, ebenso wie das Geräusch ihrer Hufe, die dumpf über den Erdboden trampelten. Nun war es so mucksmäuschenstill, wie es nur in einem Gebirgstal an einem klaren Herbsttag sein kann.

Gollie und Silpe erhoben sich und spähten umher. Sie konnten den Besitzer dieser wütenden Stimme nirgends entdecken. Womöglich hatte er sich in der Erde verkrochen und mit Rentierflechte bedeckt. Langsam gingen sie auf die Spalte zu. Sie waren sehr neugierig darauf, wer das sein mochte, in dessen Stimmchen eine derartige Macht lag.

Sie waren am Steilhang angelangt, als sie einen gellenden Schrei vernahmen.

»Tretet nicht näher!«

Sie zögerten.

»Keinen Schritt weiter!«

Sie blieben stehen, und Gollie sagte:

»Entschuldige bitte! Wir sind wohl auf deinen Grund und Boden geraten?«

»Meinen Grund und Boden!« schnaubte die Stimme. »Ich habe noch nie gehört, daß jemand das Fjäll besitzen kann. Das ist genauso dumm, als wenn jemand behauptete, er besitze die ganze Erde.«

»Ganz so liegen die Dinge nicht«, sagte Silpe. »Doch wenn du uns erlaubst, näher zu treten, so können wir dir erzählen, wie das weiter unten ist.«

»Seid vorsichtig«, warnte die Stimme. »Die Spalte ist tief. Und sie übt einen Sog aus.«

»Danke«, sagte Gollie.

Sie waren froh, daß ihre Eltern ihnen Höflichkeit beigebracht hatten, denn etwas anderes schien hier oben im Fjäll nicht angebracht zu sein.

»Wie liegen sie denn, die Dinge?« fragte die Stimme. »Da unten.«

»Wir kommen aus einer Gegend, die Verschonter Wald heißt«, erklärte Gollie. »Daß er so heißt, haben wir allerdings erst gestern erfahren. Darüber liegt der Krumme Wald. Dann kommt ein großer Moorsee im Fjäll. Aber den kennst du vielleicht?«

Die Stimme grunzte nur. Doch sie klang nicht mißvergnügt.

»Wenn unser Vater die Sache richtig verstanden

hat, dann gibt es niemanden, der die ganze Erde besitzt«, sagte Silpe. »Aber kleine Stücke davon.«

»Welche kleinen Stücke?«

»Nun, wir haben gelernt, daß die Erde in kleine Stücke aufgeteilt ist, und wo man auch geht, tritt man auf jemandes Grund und Boden.«

»Das ist das Dümmste, was ich je gehört habe«, sagte die Stimme. »Aber ihr könnt ja nichts für das, was man euch erzählt hat. Jetzt seid ihr jedenfalls im Fjäll. Und es gibt niemanden, der das Fjäll besitzt, das kann ich euch sagen! Also, tretet nur zu. Doch hütet euch vor der SPALTE, denn die zieht Leute und Rene an sich.«

Da erinnerte sich Silpe, seinen Vater von einer tiefen, schwarzen Spalte singen gehört zu haben, die alles Leben an sich ziehe. Sie verschlinge und sie verschlinge, hatte er gesungen, alles Leben verschlinge sie. Silpe traute sich das Lied nicht zu singen, doch hatte er es noch im Kopf. Da geschah etwas Wunderliches. Das Lied erklang.

Die Rene mit ihren wogenden Kronen
ajajajaaaaa...
die Kronen mit allen ihren Gabeln
der Wald aus Kronen
ajajajaaaaa...
wogt und wogt
die Rene laufen in der Dämmerung
in sieben Tälern laufen sie
bis sich die Spalte öffnet
sie verschlingt
sie verschlingt
all die Rene

all die wogenden Kronen
verschlingt die Spalte
sie verschlingt sie
verschlingt sie
ajajajaaaaa … ajajaa … ajaaa …

Es war genau so, als hörte man Skymt singen.

»Ich war das nicht«, flüsterte Silpe.

»Nein, das war er.«

»Aber wie kann er denn Vaters Lied singen? Wie kann er es kennen?«

Gollie wußte es nicht, doch sie sagte, die Lieder seien vielleicht im Wind enthalten. Sie setzten sich nun vorsichtig nieder und warteten darauf, daß der, dem die Stimme gehörte, hervortrat. Doch der war offenbar nicht sehr erpicht darauf. Von seinem Versteck aus, das sie nicht sehen konnten, fragte er sie aus, und sie antworteten bereitwillig. Silpe, der nachdenklichere von ihnen, dachte, sie sollten vielleicht etwas vorsichtiger sein. Man solle Fremden nicht so viel erzählen, hatte ihr Vater gesagt. Und niemandem solle man alles erzählen.

Doch die leise, knarzige Stimme erzählte selbst so einiges, also konnten sie ihm wohl trauen. Sie begriffen, daß sie auf den Hüter des FJÄLLS gestoßen waren, und befragten ihn dazu.

»Ich bewache den Eingang«, sagte er. »Und das, was drinnen ist.«

»Woher weißt du, was im Inneren des Fjälls ist?«

»Ich habe gesehen, wie sie es hineingetragen haben«, sagte er.

»Wachst du da ganz allein?«

»Ja, gewiß doch.«

»Ist das denn nicht einsam und trist und langweilig?« fragte Gollie.

»Doch, manchmal schon«, gestand er ein. Und dann erzählte er ihnen, daß er Skreken heiße und eine Familie gehabt habe. Er habe eine Frau, ihr Name sei Glimt, so wie ein flüchtiges Glimmern. Sie lebe ein Stück weiter oben am Fjällhang. Sie hätten ihr einziges Kind verloren. Er könne nicht sagen, wie, denn er wisse es nicht. Es sei einfach verschwunden.

»Es war ein sehr vielversprechendes Kind«, sagte er, »und es war der Schatz seiner Mutter. Es kam sie hart an, daß es so spurlos verschwand, so hart, daß sie nicht darüber hinweggekommen ist. Aber sie hat sich eine Renherde angeschafft – von der kleineren Art natürlich –, und nun sitzt sie ein Stück weiter oben im Fjäll und strickt, während sie die Tiere hütet. So ist ihr etwas wohler zumute.«

Er selbst wache hier unten, erklärte er, und solange er da sei, dessen könnten sie gewiß sein, werde das Fjäll grünen. Sie wollten nicht widersprechen. Da aber Skreken dasselbe ist wie Krähenbeerengesträuch, glaubten sie nicht, daß es davon so sonderlich grün würde. Doch vielleicht dachte er an all das andere, was die harten Fjällbuckel mit weichen und schillernden Matten bedeckte.

»Das wächst doch von allein«, sagte Silpe.

»Wenn es in Ruhe gelassen wird, schon«, erwiderte Skreken. »Wenn aber welche kommen und es ausrupfen, dann ist Schluß. Dann fahren Moos und Flechten und Krähenbeeren und Alpen-Bärentraube und alles dahin.«

Sie bekamen viel Stoff zum Nachdenken. So viel, daß sie bis spät in die dunkle Herbstnacht wach lagen und miteinander flüsterten. Dann schliefen sie. Als sie erwachten, war die knarzige Stimme nicht mehr zu vernehmen. Sie riefen, erhielten jedoch keine Antwort. Das war ein Unglück, fanden sie, denn sie hatten noch viele Fragen. Zum Beispiel, was sich im Inneren des Fjälls befinde und wer das hineingetragen habe. Aber Skreken ließ sich jetzt nicht herbeirufen, und so mußten sie sich widerstrebend auf den Weg machen.

Sie beschlossen, die Richtung einzuschlagen, in die er gezeigt hatte, als er von seiner Frau Glimt gesprochen hatte. Früh am Morgen, das Tal war von einem großen, schweren, grauen Nebelfetzen, eigentlich einer herabgefallenen Wolke, noch naß, gingen sie los. Als dann allmählich die Sonne durch die triefende Wolkenmasse drang und es im Gras und im Laub zu glitzern begann, kamen sie zu einer kleinen, abschüssigen Bergwiese. Dort regten sich einige Bäuschchen, und sie hörten eine Stimme, die sang:

»Lu lu luuu… lululuuuu…«

»Das hört sich fast an wie von Mutter«, wisperte Gollic.

Sie sahen eine kleine Frauensperson, ihre grauen Kleider waren mit Silber bestückt. Sie saß auf einem Huckel und strickte. Zuerst dachten sie, es sei der Wind, was sie da hörten, doch dann begriffen sie, daß die Frau leise vor sich hin sang. Sie schien damit zufrieden zu sein, in der Sonne zu sitzen, als diese zu wärmen begann. Ein wenig wunderlich sei das Ganze freilich schon, meinten Silpe wie auch Gollie. Konnten diese grauen Bäuschchen wirklich Rene sein?

»Ist das nicht nur Nebel, der umhertreibt?« fragte Gollie. »Und womit strickt sie da eigentlich?«

»Ich glaube, das sind Stöckchen aus geschältem Wacholder«, antwortete Silpe. »Und das Garn hat sie aus Scheidigem Wollgras gesponnen. Siehst du die Bäuschchen?«

Sie wagten sie nicht zu stören. Womöglich würden die Renkühe und ihre Kälber in nasse Nebelklackse verwandelt, wenn die kleine Frau wüßte, daß jemand anders sie sah. Sie war schließlich völlig zufrieden mit ihrem milden Herbstsonnenschein und ihren wunderlichen Renen, die nicht zu denen gehörten, die zum Äsen ins Waldland hinunterzogen, wenn die Winterkälte kam.

Die Geschwister blieben hinter der Blaugrünen Weide am Hang liegen und beobachteten die kleine Frauensperson, die ihre Rene von der Rast im Morgengrauen an hütete. Sie stand auf und ging mit ihnen, als sie wieder zu äsen begannen, und als sie ihre Tagesrast einlegten, setzte sie sich hin und strickte und sang. Bis die Renkühe ihre Kälber zu sich holten, sie leckten und sie in der Abenddämmerung Rast machen ließen, folgten Silpe und Gollie der Herde und ihrer Hüterin und lauschten dem Gesang.

Als es am Abend dunkel wurde und die Sterne über ihnen zu flimmern begannen, waren sie wieder am Rand der Spalte, sie legten sich dicht daneben und schliefen bald ein. Sie erwachten im kalten und windigen Morgengrauen von einem giftigen Stimmchen:

»Zu nahe! Zu nahe!« sagte es.

Den ganzen Tag über vernahmen sie die Stimme nicht mehr, und schließlich bekamen sie das Warten über und streiften umher. Doch als mit windigem Dunkel, mit Wolkenfetzen, Sternen und dem weißen Mond, der auf sie herabglotzte, der Abend hereinbrach, gingen sie zurück und legten sich an dem Platz nieder, wo sie in der Nacht zuvor geschlafen hatten. Sie rechneten damit, daß Skreken wieder auftauchen würde, wenn sie dieser gefährlichen Spalte, die alles Leben an sich zog, nahe kämen.

Und richtig, er tauchte auf. Sie bekamen eine ordentliche Abreibung, als es tagte. Doch Gollie faßte Mut und sagte:

»Wir werden uns von dieser gefährlichen Stelle entfernen, sobald du uns erzählst, wo Urgedenken wohnt. Sofern du das weißt.«

Sie hatten sich flüsternd darüber verständigt, daß es keinen Zweck habe, nach dem verschwundenen Bruder zu fragen. Der, dem die Stimme gehörte, hatte schließlich selbst den Verlust eines Kindes erlitten und konnte nicht sagen, wo es geblieben war. Wie sollte er dann wissen, wo sich ihr Bruder befand? Sofern er überhaupt irgendwo war.

Doch mit Urgedenken, zu dessen Zeit die Hulden den Eltern die Kinder geraubt hatten und Krieg in die Welt gekommen war, mit ihm wollten sie gern ins Gespräch kommen. Der Hüter des Fjälls sagte gnatzig, Urgedenken, der rede eigentlich nicht sehr viel, und außerdem bewege er sich nicht.

»Ist er tot?«

»Vielleicht, ja, irgendwie. Aber er läßt sich wahrscheinlich beleben.«

»Wo ist er?«

So zu fragen, war jedoch zu unverblümt.

»Ist und ist. Dürr ist er und getragen ins Innerste. Diejenigen, die ihn dort hineingelegt haben, werden ihn zusammen mit all ihren Schätzen holen. Sie werden ihn mit dem klarsten Wasser, das es gibt, beleben. Geht nun fort von hier, ihr kleinen Unscheinbaren. Hier lauert große Gefahr. Die Spalte zieht alles gedankenlose Leben an sich. Auf ihrem Grund seid ihr nur wie Fliegen, die die Beine in die Luft recken.«

Gollie dachte fix. Wenn dieser Urgedenken dürr und tot ist, dann kann er nicht sprechen. Wie soll man da wissen, ob er es ist, wenn man auf ihn stößt? Also fragte sie:

»Woran erkennt man ihn?«

Da vernahmen sie ein leises Kratzen. Dann sagte der Hüter:

»Geht jetzt! Ihr seid der Gefahr zu nahe. Ihr zwei seid übermütig, und meine Geduld mit euch ist absolut erschöpft.«

Dann hörten sie keinen Mucks mehr. Sie riefen und riefen. Doch er antwortete nicht.

Als sie gerade gehen wollten, bückte sich Silpe und hob etwas auf.

»Schau«, sagte er.

Es war ein Schnipsel Birkenrinde. Darauf standen einige wunderliche eckige Zeichen.

»Das ist es, was er soeben eingekratzt hat!« sagte Gollie. »Das muß Urgedenkens Zeichen sein.«

Das Schönste zu haben, was es gibt, wird strafbar, und Skymt und Sjorhpa müssen sich fortmachen. Ihre Kinder finden die Pforte zum Unbekannten und lernen die Finsternis kennen.

Skymt hatte sich eigentlich ein für allemal vom HERRSCHER DER HÖHLE fernhalten wollen. Er konnte es jedoch nicht lassen, darüber nachzugrübeln, wie es der BÄRENSACHE und der WOLFSSACHE und den beiden Völkern, die eines werden sollten, wohl erging. Zu Sjorhpa sagte er, es würden große Dinge geschehen und der Krieg werde ein Ende nehmen. Daß dies faktisch sein Verdienst sei, das sagte er natürlich nicht. Er konnte es jedoch nicht lassen, daran zu denken.

Er schlich im Wald umher und lauschte. Oft war er Zeuge von Begegnungen des Wolfsvolks mit dem Bärenvolk. Da wurde viel gefaucht und geknurrt, und es wurde lebhaft gespuckt. Auch wurde recht viel mit Stöcken gestochert und gepiekst. Schließlich aber hatten die Herrscher in der Höhle den Führer des Bärenvolkes und seinen gesamten Anhang dazu überreden können, zu einer großen Zusammenkunft zu kommen.

Die beiden Haufen standen einander an einer

offenen Stelle im Wald gegenüber. Spitjetettan hinkte sehr eifrig und beflissen umher. Sein Fuß war geheilt, allerdings hatte sich ein Klumpen daran erhalten. Sein schrilles Stimmchen war geller denn je, und die ersten Ansprachen, die hielt er.

Dann folgten lange Wolfsreden und noch längere Bärenreden. Etlichen Lakaien und Handlangern fielen die Augen zu, sie schliefen ein und mußten mit Stöcken gepiekst werden. Einige etwas nassere und dünnere Wesen zogen sich vorsichtig an den Rand der Lichtung zurück und verschwanden, ohne daß es jemand merkte. Es war, als versuchte man in einem undichten Eimer Wasser zurückzuhalten.

Doch diejenigen, die blieben, waren alle von der SACHE überzeugt, sie schrien und reckten die Stöcke in die Höhe und warfen mit Wolfsflechten und Bärenmoos um sich. Glutauge, den sie aus der Höhle geschleppt hatten, wurde richtig lebhaft. Er bellte und brüllte gewaltig. Das trieb er so lange, bis ihm der Geifer in die Mundwinkel trat. Spitjetettan sprang auf einen Baumstumpf und schrie, sie seien alle KAMERADEN und die BÄRENSACHE und die WOLFSSACHE seien dieselbe Sache und die SACHE sei groß.

Das läßt sich gut an, dachte Skymt. Und dann schlich er davon, bevor sie sich nach denjenigen umsahen, die sich verdrückt hatten. Er hatte keine rechte Lust, ein KAMERAD zu sein.

Nun erzählte er Sjorhpa, was er zustande gebracht hatte. Sie war nicht so erfreut, wie er erwartet hatte. Er wünschte, seine alte Sjorhpa wiederbekommen zu können. Doch sie hatte sich einer feuchten Moorsenke verschrieben. Dort saß sie, spähte darüber hin, beobachtete die Nebelstreifen, die kamen und gingen und sich in der Sonne langsam auflösten, und sang traurige Lieder.

Sie sagte zu Skymt, sie hätten niemals die blühende Insel verlassen sollen, nie und nimmer. Dort seien sie glücklich gewesen, und dort seien keine Kinder abhanden gekommen.

Skymt hatte nicht das Herz, ihr zu sagen, wie es war: Man kann nicht immer auf einer blühenden Insel leben, und Kinder müssen fortgehen. Er sagte lediglich, ihr erstes Kind sei auf sehr grausame Weise verschwunden. So grausam, daß er nicht glaube, es habe sollen sein.

»Sollen sein?« versetzte Sjorhpa. »Was ist es denn, das sein soll?«

Das konnte er natürlich nicht beantworten. Was sein sollte, das spürte man eben, das hatte keine Worte. Man spürte es im Körper, wenn man schnell ging und wenn man gute Lieder sang, die weithin zu hören waren. Spürte sie es nicht, wenn sie jodlig lockte? Er traute sich nicht zu fragen, und er war sehr besorgt um sie.

Sjorhpa grübelte ebenfalls viel nach, wenn sie am Moor saß und ihre Tiere hütete. Denn ist man einmal von Trauer erfüllt und wird ernstlich bedrückt, dann möchte sich die Trauer gern häufen, und dieser Haufen möchte wachsen. Jetzt fand sie, es sei richtig schlimm geworden. Eines Tages nämlich kam Skymt nach Hause und sagte, sie müßten sich wieder fortmachen.

»Nie im Leben!« entgegnete sie.

»Es ist unumgänglich«, sagte Skymt. »Die Leute sind jetzt auf Trab.«

»Ist Krieg? Damit sollte doch Schluß sein, hast du gesagt.«

Leider war es nicht ganz so gelaufen, wie Skymt erwartet hatte, als er das Wolfsvolk glücklich mit dem Bärenvolk vereint und dazu gebracht hatte, ein Volk und eine SACHE zu sein.

»Was für eine Sache denn?« fragte Sjorhpa.

Das war etwas schwierig zu erklären. Wenn Sjorhpa an Sachen dachte, dann an alte Eisentöpfe oder an einen Heringseimer, der im Moor verrostet war.

»Die Sache ist die«, sagte Skymt, »daß das Bärenvolk und das Wolfsvolk jetzt gemeinsam dieselbe SACHE verfolgen. Aber sie fragen sich, wen sie nun bekriegen sollen. Es muß jemand sein, der es einer ganz anderen Sache wegen mit ihnen aufnimmt.«

»Aufnimmt?« wiederholte Sjorhpa und dachte an Heringseimer.

»Deshalb haben sie beschlossen, als erstes ihre eigenen Leute zu bekriegen. Sie wollen alle, die nichtsnutzig, häßlich und wertlos seien, beseitigen. Und sie beginnen mit einer speziellen Art.«

Sie wirkte ganz zerstreut und abwesend, und ihm wurde klar, daß sie nicht glaubte, diese Sache betreffe sie.

»Meine geliebte kleine Sjorhpa«, sagte er. »Du mußt auf der Stelle machen, daß du fortkommst.«

»Ich?«

»Ich komme natürlich mit dir«, sagte er. »Wir werden weit, weit weggehen. So weit, daß sie uns nicht finden können.«

»Ich mag überhaupt nicht weg von hier«, erwiderte sie. »Bei all diesen Ortswechseln und diesem Umhergeziehe kommt nichts Gutes heraus. Ich habe hier welche, nach denen ich sehen muß. Die man nicht einfach im Stich lassen darf. Und wie sollen mich im übrigen meine Kinder finden, wenn ich von hier weggehe? Nein, das kommt überhaupt nicht in Frage. Ich gehe nirgendwo hin.«

»Du mußt. Sie haben beschlossen, eine Menge Leute aus dem Weg zu räumen. Sie fangen mit denen an, die einen Schwanz haben.«

»Einen Schwanz?«

Hatte er ihr nicht gesagt, daß ihr roter, glänzender Schwanz das Schönste sei, was er kenne?

»Schon. Aber die sind da anderer Meinung. Es gibt so wenige, die einen Schwanz haben, und deshalb glauben sie, daß damit was nicht stimmt. Und das ist nur der Anfang, Sjorhpa. Danach werden sie alle holen, die Hängeohren haben.«

»Ich habe noch nie gehört, daß es welche gibt, die Hängeohren haben«, sagte Sjorhpa. »Was sollen das für welche sein?«

»Och, es gibt alle möglichen«, sagte Skymt. »Beeil dich nun. Wir gehen noch heute abend los.«

Eines Morgens lag ein weißer Flor aus Schnee auf Gielas alter, grauer Kuppe. Die Luft klirrte. Die Geschwister streiften noch immer durch die Fjällheiden, doch allmählich wurde es kalt und windig. Silpe sagte, sie müßten sich vielleicht irgendwo verkriechen und vor dem Winter Schutz suchen. Gollie fieberte jedoch vor Eifer und wollte weiter nach Urgedenken suchen.

»Er muß ja irgendwo zu finden sein«, sagte sie. Sie wühlte in alten Eisfuchslöchern und in Mäusenestern und unter Steinen. Lemminge kamen hervor, stellten sich auf die Hinterpfoten und schimpften sie quiekend aus. Ansonsten war es recht still im Fjäll. Der Pomeranzenvogel, der sonst immer pfiff und deshalb auch Mornellregenpfeifer heißt, war längst fort. Bald war nur noch der plattpfotige Vielfraß da. Sogar in dessen übelriechende Grube kroch Gollie und suchte.

»Ständig im Moos zu wühlen hat keinen Zweck. Es ist besser, wir denken nach«, sagte Silpe.

Doch erst als sie sich am Abend aneinanderkuschelten und sich gegenseitig wärmten, ließ sie ihn nachdenken.

»Jetzt denk nach«, sagte sie, »aber denk scharf nach!«

Das tat er auch, eine ganze Weile. Sie wurde ungeduldig. »Sag schon, was hast du gedacht?«

»Ich bin noch nicht fertig«, sagte er.

Erst am Morgen, als die Sterne erloschen und das Licht über dem fernen und langen Fjällrücken, der da Hersen heißt, sich rötete, sagte Silpe:

»Ich weiß dreierlei.«

»Sag eins!«

»Eins ist, daß die Leute Urgedenken hineingetragen haben.«

»Haben sie das?«

»Hast du nicht gehört, daß Skreken das gesagt hat?«

»Ich habe nicht so genau darauf geachtet, was er gesagt hat. Alte Männer reden so viel. Nun sag noch eins.«

»Das ist, daß Skreken den Eingang bewacht.«

»Hat er gesagt. Das habe ich auch gehört. Und noch eins!«

»Das ist, daß der Eingang die Spalte ist.«

Da verstummte Gollie völlig. Je mehr sie aber über das, was Silpe gesagt hatte, nachdachte, desto klarer wurde ihr, daß er recht hatte.

Am nächsten Tag kletterten sie ein gutes Stück den Fjällhang hinauf und setzten sich an einer Stelle nieder, wo sie eine gute Aussicht über die Spalte hatten. Sie sah aus wie das Auge eines Luchses, allerdings war sie schwarz.

Am vorgeschrittenen Nachmittag sahen sie Skreken aus seinem Versteck kommen. Er war klein und grau, doch konnten sie ihm in dem klaren Licht sehr gut mit dem Blick folgen. Sie begriffen, daß er auf dem Weg zu seiner Frau Glimt war. Er besuchte sie wohl gern, wenn es unten an der Spalte ruhig war.

»Jetzt!« rief Gollie.

Und schon lief sie den Hang hinunter. Silpe folgte ihr zögernd.

»Wir müssen die Gelegenheit nutzen, solange er weg ist«, sagte sie.

»Aber was wollen wir denn tun?«

Sie hatte nicht einmal Zeit, ihm zu antworten. Sie war jetzt unten an der Spalte und rannte um deren scharfe Felskanten herum.

»Irgendwo hier muß der Eingang sein«, sagte sie. »Hilf mir suchen!«

Die Abhänge waren rutschig und kantig. Er folgte ihr, um sie zu halten. Nirgends fand sie ein Loch oder eine Ritze oder überhaupt irgend etwas, wo man sich hätte durchzwängen können. Da war nur glatter, schwarzer Fels. Er war so unwirtlich, daß rings um ihn nicht einmal Moos wuchs, geschweige denn Farn und Beerengesträuch.

Nachdem Gollie überall nachgesehen hatte, ging sie in die Hocke und starrte auf das schwarze Wasser. Dann seufzte sie tief.

»Das habe ich mir fast gedacht«, sagte sie.

»Was?«

»Daß der Eingang unter Wasser ist.«

Silpe hielt es für unmöglich. Doch sie erinnerte ihn an die Biberhöhlen und die Gänge auf der blühenden Insel, die unter Wasser gestanden hatten. Und das, obwohl Vater geschworen hatte, sie hätten über der Wasseroberfläche gelegen, als er das erste Mal dort gewesen sei.

»Schon, aber hier gibt es keine Biber, die Dämme bauen und das Wasser stauen«, sagte Silpe.

»Aber es regnet«, erklärte Gollie. »Es gießt und schüttet vielleicht wochen- und monatelang. Und es schneit Schicht auf Schicht. Wissen wir's? Und dann steigt das Wasser in der Schlucht allmählich.«

»Dann müssen wir warten, bis es wegtrocknet«, sagte Silpe.

Gollie dachte gar nicht daran. Solche langwierigen und Geduld erfordernden Dinge mochte sie nicht.

»Ich werde nachsehen«, sagte sie.

Sie rutschte, direkt an der Felskante, schnell ans Wasser hinunter, stand dann dort und balancierte.

»Laß das!« schrie Silpe, als ihm aufging, was sie vorhatte.

Doch es war schon zu spät. Sie winkte ihm zu.

»Ich komme gleich wieder herauf«, sagte sie. »Ich will nur mal schauen.«

Und dann tauchte sie unter.

Das schwarze, tiefe Wasser öffnete sich und schloß sich wieder.

Silpe durchlief es eiskalt. Noch hatte er nicht einmal den Fuß ins Wasser getaucht. Schon beim bloßen Gedanken daran fror er, daß es ihn schüttelte.

»Komm herauf, komm herauf«, murmelte er. »Komm jetzt herauf!«

Doch nun zitterte nicht einmal mehr ein Ring auf dem Wasser. Es war völlig glatt und völlig still.

Er wartete. Er wartete so brennend und so eiskalt und so lange, daß er schon glaubte, für einen Moment ohnmächtig geworden zu sein oder geschlafen und alles nur geträumt zu haben.

»Gollie! Wo bist du? Gollie! Gollie!«

Da das Wasser sich nicht regte, begann er zu singen, um es zu bewegen. Es war das erste Mal, daß er ein eigenes Lied sang. Es war sehr leise.

Huu ...
mein Gold
komm herauf
komm herauf mein Gold
uuuuu ...
lieg nicht auf dem kalten Grund
luuuluuu mein Gold ...

Ein so mickriges und leises Lied mit derart erbärmlichen Worten konnte natürlich kein großes und kaltes Wasser bezwingen, das war ihm auch selber klar. Er begriff, daß ihm nur eines zu tun blieb. Und so tat er es denn.

Kalt war es unter Wasser und schwarz. Pfeilgerade wie eine Forelle auf der Jagd schoß er hinab. Er streckte eine Hand aus, um sich voranzutasten. Er hatte erwartet, den kantigen und rauhen Felsengrund der Schlucht zu fühlen. Doch seine Hand rührte an nichts. Er vollführte eine Wende nach oben und tauchte wieder ab.

Nur, ging es überhaupt nach oben? Tauchte er … oder?

Er wußte es nicht mehr. Er schloß fest den Mund und dachte, er müsse mit der Luft haushalten und bald an die Oberfläche auftauchen, um Atem zu holen. Doch in welcher Richtung war die Oberfläche?

Und Gollie?

Nirgendwo ein Körper. Nichts. Nur schwarzes Wasser.

Jetzt ging ihm bald die Luft aus. Er wußte, daß er den Mund nicht aufmachen und einatmen durfte, weil dann das Wasser in ihn strömen, seine Lungen füllen und seinen Körper auflösen würde. Nirgendwohin, nirgendwohin ging es nach oben. Nirgendwo zeigte sich ein Stückchen Himmel oder der geringste Lichtschimmer.

Da verspürte er einen Sog.

Er wollte gerade den Mund öffnen, um nach Luft zu schnappen, die es nicht gab, als ihn der Sog erfaßte. Das ist dieser Sog, konnte er noch denken, dieser Sog, von dem Skreken gesungen hatte. Der eine ganze Renherde verschlungen hat. Und ich bin nur wie ein kleines Langbein. Nun wirble ich davon …

Vielleicht war er ein Weilchen weg gewesen, ohnmächtig geworden oder noch ärger. Denn als er wieder etwas fühlen konnte, hatte sich der heftige Sog in dem Wasserwirbel gelegt und ließ ihn in Ruhe. Er tastete mit beiden Händen und spürte nun eine rauhe Kante. Er legte die Hände darauf und zog sich nach oben. Luft …

Ja, er atmete.

Rings um ihn war es völlig schwarz. Ihm wurde jedoch klar, daß er auf einen flachen Felsen gekrabbelt war. Lange lag er da und ruhte sich aus, und aus seinem Körper rann das Wasser.

Dies geschah zur selben Zeit, da Skymt und Sjorhpa aus dem Verschonten Wald aufbrachen. Sie gingen in größter Eile und hatten praktisch keine Zeit, irgend etwas mitzunehmen. Es blieb ihnen nichts anderes übrig, als bergwärts zu ziehen, obwohl es jetzt kalt und herbstlich war. Sie wußten nicht einmal, ob sie es wagen konnten, im Krummen Wald zu bleiben, oder ob sie noch weiter ziehen mußten.

Talwärts konnten sie nicht fliehen. Daß der Wald unterhalb des Rukammens zu Ende war, hatten sie schon vor langer Zeit gehört. Wie das so hatte kommen können, war ihnen unbegreiflich. Die Geschichten handelten von Steinen, die ihre Schädel entblößen, von Wunden im Erdboden, der seinen gelben Untergrund darbietet, von umgestürzten großen Tannen und von ausgetrockneten Bächen. Das erschreckte die beiden.

»Schnell, schnell«, sagte Skymt. »Das Wolfsbärenvolk ist hinter uns her.«

»Ich kann nicht so schnell laufen«, sagte Sjorhpa, »und außerdem habe ich an so manches zu denken.«

Sie sagte nicht, woran, hatte jedoch insgeheim beschlossen, ihre Tiere mit auf die Flucht zu nehmen. Sie lockte sie jetzt nur ganz leise, doch schienen diese klugen grauen Tiere sowohl die Gefahr als auch die Eile zu verstehen. Als die beiden sich ein Lager bereiteten, und Sjorhpa im Morgengrauen erwachte, schlich sie sich fort und lockte jodlig, aber nur ein wenig. Bald sah sie die Tiere und begriff, daß sie ihr tags zuvor auf der ganzen Wanderung gefolgt waren und sicherlich versuchen würden, ihr auch jetzt zu folgen. Sie wollte jedoch nicht zu schnell weitergehen. Die Tiere müssen doch weiden, dachte sie. Sie müssen fressen und saufen und rasten, nachdem sie gefressen haben.

»Schnell, schnell«, sagte Skymt.

»So eilig ist es wohl auch wieder nicht«, meinte sie. »Ich habe doch dieses Ding, das sie ärgert, hochgebunden. Sie können es gar nicht sehen.«

»Das nützt nichts«, sagte Skymt. »Sie wissen, daß du einen Schwanz hast. Schnell, schnell.«

Silpe lag im Finstern. Er konnte nichts anderes glauben, als daß es in der Welt, in die er geraten war, nur Finsternis gab. Sie umschließt alles, dachte er. Sie umfaßt die ganze Welt. Und dann flüsterte er:

»Oh, du allumfassende Finsternis. Sprich zu mir. Sag mir, wo ich bin.«

Doch die Finsternis schwieg. Silpe rann etwas Wasser aus dem Mund. Der Fels unter ihm war hart und rauh und kalt. Er befühlte ihn mit den Fingern. Es gibt ihn, dachte er. Ansonsten war alles so, als stellte er es sich nur vor.

»Oh, du große, unfaßbare Finsternis. Sprich zu mir«, betete er.

Da war ein Winseln zu vernehmen. Es klang, als hätte ein Wolfswelpe das Lager zu früh verlassen und wäre nun sehr ängstlich und einsam. Silpe versuchte sein Gehör zu schärfen. Es winselte erneut, jämmerlich und verlassen.

Er begann auf das Gewinsel zuzurutschen. Ständig tastete er mit der Hand nach der Felskante, die steil zu dem schwarzen Wasser abfiel. Jetzt war das Wolfswelpengewinsel besser zu hören.

»Sei nicht traurig«, sagte er. »Wer immer du bist, du bist nicht allein, hörst du?«

Schließlich war er so nahe, daß er etwas Nasses und Weiches spürte, als er die Hand ausstreckte.

»Hier bin ich«, sagte er.

»Silpe!«

»Ja!«

»Bist du es?«

»Ja, sicher bin ich es. Ach, Gollie, daß du es bist!«

»Ja!«

»Hab keine Angst jetzt!«

»Sind wir tot?« fragte sie.

Silpe dachte nach, und Gollie wurde ungeduldig.

»Beeil dich, denk! Ich will wissen, ob wir tot sind oder nicht!«

»Nein«, antwortete Silpe. »Ich glaube nicht.«

Es stellt sich heraus, daß ein Fjäll nicht durch und durch Fels ist, zumindest Giela nicht. Gollie bringt Steine zum Singen. Ihr Bruder findet etwas sehr Wichtiges wieder, was er gedankenlos mit sich herumgetragen hat.

Ein Fjäll ist eigentlich eine unfaßbar große Sache. Die meisten sind der Auffassung, es bestehe aus Stein. Vielleicht ist das bei den meisten Fjälls so. Niemand weiß das, denn es gibt wenige Fjälls, Alpen und Gebirge auf der Welt, die jemand durchdrungen hat.

Fjälls haben eine Haut, ungefähr so, wie Wölfe einen Pelz haben. Es ist natürlich kein Pelz oder Balg oder eine Schwarte zuoberst auf dem Fjäll. Seine Haut ist weich und duftend. Sie besteht aus Humus und Wurzeln, aus Blättern und Nadeln und im Juli aus Blumen. Sehr dicht gewoben ist sie aus verschiedenerlei Moosen und Flechten und aus Heidekraut, Heidekraut mit Glöckchen wie auch ohne. Ferner gibt es Alpen-Bärentraubengestrüpp, Skreken, also Krähenbeeren, und Keulen-Bärlapp. Es gibt reichlich Hartriegel, den alte Frauen Hühnerbeere und alte Männer Priembeere nennen.

Wenn die dicht gewobene und verwachsene

Haut aufgerissen wird und Wunden bekommt, wird der Schädel des Berges entblößt. Er ist tatsächlich aus Stein. Doch es ist nicht nur eine Sorte Stein. Nein, der Berg ist aus verschiedenen Gesteinsarten zusammengesetzt und vermengt, die anscheinend einst wie das Wasser eines Stroms umhergeflossen sind. Der Stein ist geädert und schleierig und an manchen Stellen rot, an anderen grau oder schwarz oder gesprenkelt. Hier und da leuchtet er weiß und halb durchsichtig.

Ganz oben bleibt in den Spalten und Klüften, in die die Sonne im Frühling und Sommer nur schwer hinunterdringt, der Schnee auf dem Fjällschädel liegen. Er ist hart und grobkörnig. Oft ist er schmutzig, wenn man dort ankommt, obgleich er von ferne so weiß ausgesehen hat. Das rührt daher, daß er so alt ist. Er kann wie eine schimmlige Kruste Jahrzehnt um Jahrzehnt dort liegen. Dann kommt ein Sommer, wärmer als alle anderen, und dann löst sich auch der Altschnee auf und beginnt zu sickern, und mit ihm all der andere Schnee. Das Schneewasser rieselt in einem Rinnsal die Fjällflanke hinab. Die Rinnsale suchen einander und bilden einen Bach. Der Bach fließt hinab zum Fluß im Tal, und der ergießt sein kaltes, grünes Wasser in einen See. Aus dem See sickert es in kleinen Bächen davon und sucht sich einen Weg hinab zu anderen Seen und Strömen. Doch stets sind da die Bäche und stehlen den großen und kleinen Seen Wasser. Nicht alles, zumindest nicht auf einmal.

Alles Wasser sammelt sich und sammelt sich, das scheint es so zu wollen. Schließlich erreicht es einen der großen Flüsse, und dann singt es. Das

Wasser der großen Flüsse strömt rastlos und rauschend. Es muß talwärts, talwärts. Es muß hinab zum Bergeforsen. Freilich sehnt es sich nicht gerade dorthin. Immerhin muß es dort hinter eisernen Schiebern unvermittelt anhalten. Diese Schieber werden nur ab und zu geöffnet, und dann rotieren durch die Kraft des Wassers die Turbinen, und alle Lampen leuchten.

Dann strömt das Wasser an Bergeforsen vorüber und dorthin, wohin es die ganze Zeit über wollte, nämlich zum Meer.

Das Meer. Das ist ebenfalls eine unfaßbar große Sache. Und niemand weiß genau, was sich ganz unten auf seinem Grund befindet. Zumindest nicht überall.

Gollie und Silpe begriffen nun, daß sie nicht tot waren, sondern sich im Inneren des Fjälls befanden, das da Giela heißt. Sie hatten zwar gehört, daß im Fjäll die Toten wohnten. Es hieß aber auch, sie wohnten in verlassenen Koten und Almhütten, unter der Erde und im Himmel droben. Die Geschwister waren nun schon so lange auf eigene Faust unterwegs, daß sie allmählich zwischen dem Gerede der Leute und der Wirklichkeit unterscheiden konnten.

Der harte Fels unter ihnen war Wirklichkeit. Das Wasser in der Tiefe war ebenfalls Wirklichkeit. Nun galt es, noch mehr dieser Art zu finden.

Sie begannen nach vorn zu kriechen. Oder nach hinten. Sie wußten nicht, wohin. Sie kamen überein, immer ganz dicht beieinanderzubleiben. Der Fels war rauh, und sie krochen geradeaus nach vorn – oder nach hinten –, nicht nach oben oder nach unten. Es gab keinerlei Gefälle. Schnell entdeckten sie, daß gleich neben ihnen eine Wand war. In diese Richtung konnten sie nicht kriechen.

Sie hatten nun vier Richtungen. Sie wußten, wo es nach unten ging. Nämlich dort, wo sie entlangkrochen. Nach oben hin war rauhe, kalte Luft. Irgendwo dort in der Höhe mußte eine Decke sein. Auf der einen Seite war die Wand, auf der anderen die Felskante und das Wasser.

Sie waren lange dahingekrochen, als Silpe Gollie aufschnaufen hörte.

»Fühl mal«, sagte sie.

Er streckte die Hand aus, Gollie ergriff sie und führte sie im Finstern zu etwas Weichem. Silpe verspürte eine leise Angst. Doch das Weiche bewegte sich nicht, und da wurde er mutiger und hob es auf. Es war vermutlich ein Stück Fell oder Haut, allerdings ein sehr trockenes. Als er es Gollie reichte, zerfiel es.

»Alt und mürb«, sagte er.

Eine Weile krochen sie noch, dann stand Gollie auf und sagte, sie könnten es jetzt wohl wagen, aufrecht zu gehen. Die Decke scheine weit oben zu sein. Sie würden sich kaum den Kopf daran stoßen. Und so wanderten sie in die Richtung, die »nach vorn« zu nennen sie beschlossen hatten, und sie hielten einander an der Hand.

Plötzlich stolperte Silpe fast über etwas. Sie gingen in die Hocke und tasteten danach. Es war ein langer Stab. Er war glatt und gerade. Sie konnten keine Rinde daran fühlen. Dagegen ertasteten sie an dessen oberem Ende Schnörkel.

»Irgend jemand hat da etwas hineingeschnitzt«, sagte Gollie. »Vielleicht seinen Namen oder sein Erkennungsmal. So, wie sie es in den Almhütten in Türe und Bänke machen.«

Sie nahmen ihre langsame und vorsichtige Wanderung wieder auf, und sie fanden Bänder aus Fell oder Haut und etwas, was eine mächtig große Mütze sein mußte. Das Ding war voller Löcher.

Die Wanderung endete. Vor ihnen waren Steine. Keine glatte Felswand, sondern runde Steine, riesige Brocken. Sie schienen aufeinandergestapelt zu liegen, und zwischen die Brocken waren kleine Steine gekeilt. Es war wie eine Wand aus zusammengefügten Steinen.

»Oder eine Pforte«, sagte Silpe. »Ich glaube, hier hat jemand einen Durchgang dichtgemacht.«

Sie stocherten zwischen den Steinen und konnten nicht feststellen, daß diese mit Lehm oder sonst einem Bindemittel zusammengefügt waren. Sie waren einfach nur passend aneinandergelegt, und das Ganze war so sauber und sorgfältig gemacht, daß es anscheinend keinerlei Zwischenräume gab.

Silpe versank in Gedanken angesichts dieser Wand aus Stein. Oder mochte es eine Pforte sein. Gollie dagegen fingerte und pfriemelte an den Steinen herum. Die großen interessierten sie nicht. Die waren ja so schwer. Es gelang ihr schließlich, einen Finger zwischen einen großen und einen kleinen Stein zu stecken, und sie merkte, daß der kleine wackelte.

»Was machst du?« fragte Silpe.

»Ich pfrieml e ein bißchen«, antwortete sie.

»Irgend jemand hat das hier gebaut«, sinnierte

ihr Bruder. »Die Steine passen hier nämlich zusammen wie in einem Lied die Worte.«

»Eben«, sagte Gollie. »Jetzt kommt es bloß darauf an, diese Steine dazu zu bringen, ihr Lied zu singen.«

Und sie pfriemelte wortlos weiter. Das Steinchen wackelte und schürfte leicht. Und dann löste es sich!

Der kleine Stein schnellte auf den Felsen, und sie hörten ihn fortprellen. Dann krachte es. Jeder Stein schien seine Lage zu verändern. Ein lang anhaltendes Grollen war zu vernehmen, und Silpe schrie:

»Teufel noch mal! Paß auf!«

Er warf sich gegen die Wand und zog Gollie mit sich. Sie preßten sich an den harten Fels, der auf der Welt jetzt das einzige zu sein schien, was fest stand.

Die Steine fielen heraus. Die großen donnernd und dröhnend, die kleinen prasselnd. Kaltes Wasser schwappte hoch, wenn die Gesteinsbrocken hineinstürzten, und wenn sie nach außen prallten, schlug und dröhnte es in dem Felsen.

Die Geschwister kauerten sich an der Wand zusammen. Sie hatten die Arme umeinander geschlungen, und eins barg, die Augen fest zugekniffen, den Kopf an der Schulter des anderen. Sie wünschten, sie hätten sich auch die Ohren verstopfen können. Das Gepolter und Krachen der Steine erschreckte sie schier zu Tode.

Endlich wurde es still. Nicht mit einem Mal. Zuerst war ein leises Rollen zu hören, und noch eins. Dann Stille. Sie wagten aufzusehen.

Und siehe da, nun begegnete ihren Augen das, wofür sie geschaffen waren: Licht. Nicht viel Licht. Kein starkes, weißes, fließendes. Sondern ein Licht, ungefähr so wie an einem schneetrüben Dezembermorgen. Doch sie konnten sehen. Sie sahen die herabgestürzten Steine, die auf dem Felsen verstreut lagen. Sie sahen das schwarze Wasser in der Tiefe. Und sie ahnten die Decke aus rauhem Gestein.

Silpe mußte fast lachen, oder weinen, er konnte sich für keines von beidem entscheiden, als er seine Schwester sah. Sie war naß, und alles, was sie auf dem Leib trug, war zerrissen. Auf dem Kopf hatte sie verklebte schwarze Strähnen und Zotteln. Sie strich ihm über den Scheitel und lachte leise, wobei ihr Tränen in den Augen standen, und er begriff, daß auch er nicht gerade ansehnlich war.

»So was, daß du mir gefolgt bist!« sagte sie. »Daß du in das schwarze Wasser hinuntergetaucht bist!«

»Und daß ich dich gefunden habe!« erwiderte Silpe.

Es war tatsächlich ein Durchgang in dem Felsen. Als die Steine herausgestürzt waren, war er freigelegt worden. Und dahinter war das schwache Licht.

Weitertrotten. Immer weitertrotten. Wer weiß, was einem begegnen wird? Wesen mit eisernen Kiefern und Augen aus Glas? Nagelpfoten und Messerzähnen. Solche, die schwarz sind vor altem Blut, und solche, die Eisenzotten am Leib haben. Keiner weiß das.

Womöglich Stalo höchstpersönlich.

Wer ist er denn?

Ja, das kann man sich fragen.

Jedenfalls wird er bestimmt in einer Höhle hausen. Wenn er brüllt, stürmt es. Falls man glauben will, was man so hört. Im übrigen frißt er Kinder.

Ist das wahr?

Keiner weiß das. Keiner weiß das.

Außerdem ist es nicht möglich, einfach immer weiterzutrotten. Zuerst muß man über die Steinhaufen klettern, dem Licht entgegen.

Hinter dem Durchgang waren hohe Felswände. Sie waren jedoch nicht ganz kahl. Auf jedem Absatz lagen Ballen und Bündel und Stapel und Packen. Alles sah sehr ordentlich aus.

Es war ein langer, langer Raum. Er schien irgendwohin zu führen.

»Glaubst du, daß dies ein SAAL ist?« flüsterte Gollie.

»Nein. Jedenfalls sieht er nicht so aus wie der in der Glut. Entsinnst du dich nicht, wie der gefunkelt und geglüht und geleuchtet hat?«

»Doch.«

An das, was auf den unteren Absätzen lag, konnten sie heranreichen. Sie gingen hin und betasteten die Bündel vorsichtig.

»Sind das Schätze?« fragte Gollie leise.

»Wie kommst du darauf?«

»Erinnerst du dich nicht an die Leute? Die Schätze. Die sie hineingetragen haben. Die Skreken bewacht. Und an Urgedenken.«

Da schrie Silpe auf. Dann sagte er mit Skrekens Stimme:

»Dürr ist er und getragen ins Innerste! Diejenigen, die ihn dort hineingelegt haben, werden ihn zusammen mit all ihren Schätzen holen!«

»Ja, das hat er gesagt.«

»Jetzt suchen wir.«

Sie flüsterten wieder. Silpes Schrei hatte von der Felsendecke widergehallt und sie erschreckt.

Bald krabbelten sie auf den Absätzen umher und betasteten die Bündel und Packen. Manches lag völlig lose. Es war lediglich von einer Haut und ein paar locker gebundenen Streifen umgeben. Nachdem sie die erste Verschnürung aus solchen Streifen gelöst hatten, fanden sie einen großen Gegenstand aus feingemasertem Holz vor, das sich jedoch nur an den Seiten und unten befand. Oben war eine fast durchsichtige Haut gespannt, und auf dieser Haut waren Figuren und Zeichen. Sie sahen aus, als seien sie mit Blut gemalt. Die beiden konnten erkennen, daß es sich um Sterne und Tiere handelte. Es waren Rene, Bären, Wölfe und Vögel. Auch kleine Menschengestalten waren da. Als Silpe auf der gespannten Haut herumfingerte, war etwas zu hören. Kein Grollen. Eher ein Ton. Er schlug mit den Fingern ein wenig fester darauf. Es klang schön und leicht schaurig.

»Wir sollten das vielleicht sein lassen«, sagte Gollie.

Es kam nicht oft vor, daß sie Angst hatte. Sie packten das Ding wieder in seine Haut und suchten weiter. Lange Stäbe fanden sie, auf denen Zeichen und Figuren waren. Am einen Ende hatten die Stäbe geschärfte Eisen. Silpe fuhr die Kerben in dem alten, braunen Holz nach und flüsterte, daß es wohl ein mit einem Messer eingeritzter Bär sei.

Sie fanden Schachteln aus Birkenrinde, in denen Silbersächelchen waren. Ringe, die klirrten, da Silberschlaufen daran hingen. Schmuckstücke mit Klöppeln. Löffel, auf deren gewölbtem Grund ebenfalls Rene und Vögel abgebildet waren. An den Stielen saßen Ösen.

Sie fanden aus weißgelbem Bein gefertigte Dinge, auf denen ebenfalls Figuren und Zeichen waren. Manches bestand lediglich aus Stoff und war so alt und mürb, daß sie es kaum anzufassen wagten. Die Stoffe waren hübsch mit Silber und verschiedenfarbigem Garn bestickt.

»Schau!« sagte Silpe. »Das ist so ein Brustlatz, wie Vater ihn hat.«

Doch dieser hier war natürlich viel größer. Skymt pflegte sich kleine Federn in den Brustlatz zu stecken und mit bunten Lemmingfellstücken zu protzen. Dieser Latz hier war vollständig aus einem Seetaucherbalg gemacht. Sie erkannten die prächtige weiße Brust, die schwarze Kehle und die kleinen, schwarz gestrichelten, viereckigen Flecken dieses Vogels wieder. Die Federn lagen dicht und schön aneinander, und die Brust war so glatt, als säße sie noch an einem lebendigen Vogel. Rings herum war sie mit Silber bestickt, und die Innenseite des Federkleids war mit Stoff gefüttert.

Ganz vorsichtig legten sie den Brustlatz wieder zurück und fragten sich, wer den wohl einst holen und wie derjenige aussehen mochte, wenn er ihn anlegte.

Sie verspürten das starke Verlangen, etwas mitzunehmen. Doch sie wagten es nicht.

»Es soll Verwünschungen geben«, sagte Silpe. »Womöglich sind sie hier drinnen.«

Er wußte nicht, was das war, dachte jedoch an Nachtschwirrer, an jene flatternden Mäuse, die an Höhlenwänden hingen, in der Abenddämmerung dann losflogen und vielleicht böse waren und den Leuten das Blut aussaugten.

Es war am sichersten, nichts zu nehmen.

Das dachten sie, bis sie fanden, wonach sie suchten. Um die Wahrheit zu sagen, so hatten sie vergessen, daß sie nach etwas Bestimmtem suchten. Sie zogen ein Ding nach dem anderen heraus und waren jedesmal wieder gleichermaßen erstaunt darüber, wie sinnreich die Sachen gemacht waren und wie mürb sie waren und trotzdem zusammenhielten. Da kamen sie zu einer großen Pulka. Sie lösten die Bänder und lüfteten die Haut, die den Inhalt der Pulka verbarg.

Er sah aus wie kleine Wesen. Nicht gerade Tiere. Gleichwohl. Jedenfalls sah man Gesichter. Etliche hatten Schnäbel. Sie waren in Häute eingewickelt, ganz unglaublich sorgfältig und verzwickt. Bänder verliefen hin und her und Hautstreifen kreuz und quer. Sie wickelten zwei, drei davon auf.

»Tiere sind das wohl nicht«, stellte Gollie fest. »Eine Art Leute vielleicht. Ich weiß auch nicht.«

»Und klein«, sagte Silpe. »Fast wie wir.«

Sie hatten sich schon daran gewöhnt, daß alles, was auf den Absätzen lag, für viel größere Wesen als sie geschaffen war. Diese hier aber ließen sich mit ihnen selbst vergleichen.

Gollie hatte entdeckt, daß auf den Hautstreifen Zeichen waren. Jedes dieser Tiergeschöpfe oder Menschenwesen, oder was immer sie nun waren, schien ein eigenes Zeichen zu besitzen, das man bei keinem anderen sah.

Nun begann Silpe am ganzen Leib und in den Lumpen, die noch daran hingen, zu suchen. Er entsann sich eines gewissen Birkenrindenstreifens. Nämlich dessen, den sie von Skreken bekommen hatten. Oder auf den sie gestoßen waren.

Schließlich fand er ihn. Er war natürlich aufgeweicht, doch ließ sich noch erkennen, was darauf gekratzt war. Silpe fuhr mit dem Finger die fein ausgekratzten Linien nach. So sahen sie aus:

»Urgedenkens Zeichen!« flüsterte Gollie. »Jetzt erinnere ich mich.«

Sie wußten, daß es Male und Zeichen gab, die vielleicht Namen waren. Sie hatten sie in den Almhütten gesehen. Und es war ihnen klar, daß diesen Zeichen eine große Macht innewohnte. Das hatte Skymt, ihr Vater, gesagt. Sie hatten jetzt große Angst, als sie das Birkenrindenstückchen mit den Strichen hernahmen und sie mit den Strichen verglichen, die sich auf den Hautstreifen um die eingewickelten und verschnürten völlig dürren Wesen befanden. So es denn Wesen waren. Oder Geschöpfe. Oder auch nur Puppen.

Das Zeichen war auf keinem derjenigen, die sie

bereits ausgewickelt hatten. Sie legten ein jedes vorsichtig wieder in seine Haut zurück und schnürten die Bänder darum. Ihnen zitterten jetzt die Hände, und sie hatten ganz kalte Finger.

Sie machten sich daran, weitere umwickelte Häute auszupacken, und besahen sich die Streifen, die sie zusammenhielten. Viele merkwürdige alte Zeichen standen darauf, alle verschieden, und sicherlich machtvoll. Jetzt hieß es, vorsichtig zu sein. Silpe dachte daran, wie gedankenlos er mit dem Birkenrindenstreifen herumgelaufen war, ohne einen Schimmer davon, daß er ein machtvolles Zeichen bei sich trug. Er war damit umhergerannt, war damit naß geworden und bestimmt viele Male drauf und dran gewesen, ihn zu verlieren. Weiß der Kuckuck, ob ich mich nicht damit geschneuzt habe, dachte er. Es war aber auch so gekommen, wie Skreken gesagt hatte: Die Spalte, die alles gedankenlose Leben an sich zog, hatte sowohl Gollie als auch ihn in ihre schwarze Finsternis hinabgezogen. Und da waren sie nun.

Ein schauerlicher Gedanke flatterte ihn wie der Flügel eines Nachtschwirrers an: Wie sollen wir von hier wegkommen? Als er ihn Gollie zuflüsterte, sagte sie nur, sie sollten sich hübsch eins nach dem anderen vornehmen. Im Moment gehe es lediglich darum, ein bestimmtes Zeichen zu finden.

Sie packten jedes Geschöpf sorgfältig wieder in seine Haut und legten es in die Pulka zurück. Als sie ungefähr die Hälfte dieser starren Päckchen abgesucht hatten, sog Silpe die Luft ein, daß es zischte.

»Sssss… jetzt, da!«

Und da war es. Die gleichen Linien. Die gleichen Krümmungen, Haken und Striche.

»Urgedenkens Zeichen«, flüsterte Gollie.

Das Päckchen sah ungefähr so aus wie die anderen. Es war braun und dürr. Die Haut, die es umgab, war sehr dünn und sehr alt. Sie wickelten zuerst vorsichtig den Streifen auf, und Silpe schlang ihn sich um den Leib, damit er nicht abhanden kam. Dann schlug Gollie die starre Haut zurück. Sie begann am oberen Ende. Da waren Federn und etwas Hartes. Ein Schnabel. Ein kräftiger gelber Schnabel, der einem Adler hätte gehören können. Auf dem Scheitel Federn. Als sie die Haut noch etwas weiter zurückschlug, sahen sie ein Gesicht. Es hatte keine Nase. Statt dessen saß da dieser scharfe und kräftige Schnabel. Die Augen waren geschlossen. Sie waren mit braunen Hautfalten bedeckt. Ohren hatte es ebenfalls, kleine und faltige Ohren.

Es war ein kleines Greisengesicht um diesen Schnabel herum, dürr und runzlig.

Es war ein gefiederter Scheitel und ein schuppiger Leib.

Ein Fisch?

Nein, vielleicht eher ein Vogel. Mit einem kräftigen Fischschwanz. Im Unterschied zu einem Fisch hatte er Füße, und an den Füßen saßen scharfe Klauen. Ein Greis mit geschlossenen Augen. Ein Wesen.

Urgedenken.

Dem Licht entgegen. Das Wasser belebt denjenigen, der nicht Fisch, nicht Vogel ist. Wieder hinab in die Finsternis. Die Zeit hat nicht stillgestanden. Außerhalb des SAALES *ist sie als Schneeflocken gefallen. Alle nehmen Abschied und gehen ihrer eigenen Wege.*

Erst nachdem sie Urgedenken gefunden und eingehend betrachtet hatten, fragten sie sich nun, woher das Licht komme. Es war nicht stark, doch stark genug, um sogar die Fältchen und Runzeln in seiner braunen Gesichtshaut zu erkennen. Sie beschlossen, dem Licht entgegenzugehen und ihn mitzunehmen. Das konnte nicht unrecht sein. Oder gefährlich.

»Wer Urgedenkens Zeichen hat, muß ihn mitnehmen und ans Licht hinaufführen dürfen«, sagte Silpe. »Warum sollten wir das Zeichen sonst erhalten haben?«

Sie schleppten ihn zwischen sich. Er war leicht, doch recht sperrig. Sie blieben mehrmals stehen und stupsten ihn. Doch sein Gesicht war stets gleich braun und leblos, und der Schnabel ragte hart und scharf hervor.

»Wir werden vielleicht nicht sehr viel Freude an ihm haben«, sagte Gollie. »Er scheint tot zu sein.«

Da jedoch keiner von ihnen wußte, was Totsein war, schleiften sie ihn weiterhin mit sich.

Jetzt entdeckten sie, daß das Licht durch eine Ritze in der Wand des Fjälls drang. Sie dachten zunächst, diese Ritze sei sehr klein, doch je näher sie ihr kamen, desto mehr schien sie sich zu weiten, und das Licht wurde immer stärker.

Als sie davorstanden, sahen sie, daß die Bergwand wie eine halboffene Tür vorsprang. Ursprünglich hatten sie angenommen, durch die Ritze würden sich kaum zwei so kleine Wesen wie sie zwängen können. Jetzt sahen sie, daß sie groß genug war, Leute ganz anderer Art durchzulassen.

Sie fühlten sich nicht sehr mutig. Silpe ergriff Urgedenken und schob ihn durch die Öffnung voran. Als er sich vollständig auf der anderen Seite befand, warteten sie eine Weile. Kein Laut war zu hören.

»Jetzt gehen wir auch«, sagte Gollie.

»Wir kriechen«, sagte Silpe. »Da werden wir weniger gesehen.«

»Jetzt!«

Sie schlossen die Augen und krochen durch die Öffnung. Auf dem Bauch liegend und mit geschlossenen Augen konnten sie Urgedenken vor sich spüren, seine Vogelfüße und seinen dürren Fischschwanz. Es ist nichts Gefährliches zu hören, dachte Gollie. Kein Schnaufen oder Klauengescharr. Auch roch nichts übel. Es war einfach nur still, und allmählich drang das Licht durch ihre Lider. Silpe tastete mit den Fingern über den Boden, auf dem sie lagen. Der war völlig eben und glatt. Er drückte Gollies Hand, und dann öffneten sie die Augen, und zwar gleichzeitig.

Oh, Licht…

Mild und freundlich. Und so groß!

»Wir sind in dem SAAL«, flüsterte Gollie.

Und es stimmte. Das begriff man selbst dann, wenn man noch nie einen Saal gesehen hatte.

Er war sehr hoch, und er funkelte – genau so, wie sie es in der Glut gesehen hatten. Zuerst glaubten sie, die Säulen entlang der Wände seien aus Eis, als sie sie aber befühlten, waren sie gar nicht so kalt, und als Gollie ihre warme Hand an eine der Säulen legte, schmolz nichts. Sie hatten in den Almhütten Glasscheiben gesehen, die hatten Eisscherben geglichen, nachdem sie entzweigegangen und ins Gras gefallen waren. Dieses Glas indes war viel klarer.

Es gab verschiedene Sorten davon. Ein Teil einer Wand glich den Blüten der Rosmarinheide. Ein anderer hatte dieselbe Farbe wie klares Tannenharz. Es gab grünes Glas, das dem Wasser eines Eisstroms glich, und blaues, das wie erstarrtes Seewasser aussah.

Hoch oben wölbte sich die Decke aus klarstem Eis oder Glas oder etwas, von dem sie nicht wußten, ob es ein Wort dafür gab. Von dort kam das Licht.

Es war unbegreiflich, was für ein Licht das war. Sie kamen nicht dahinter, welchen Ursprungs es sein mochte. In ihrem späteren Leben sollten sie noch oft davon sprechen, und sie sollten auf funkelnde Steine und auf die Sonne tippen, die durch Felsen aus Eis schien. Sie überlegten, ob ein Stern in den Berg eingeschlossen worden sei. Doch sie wußten nicht, ob es stimmte. Zeit ihres Lebens erfuhren sie nicht, was die Quelle dieses Lichts war.

Mitten in dem Saal befand sich eine nahezu runde, in den ebenen Boden gesenkte Schale. Und wie groß sie war! Mindestens so groß wie der Bjekkertjärn. Allerdings tiefer.

Langsam gingen sie näher hin und sahen ins Wasser.

»Das muß das klarste Wasser sein, das es gibt«, flüsterte Gollie.

Als sie das sagte, faßte Silpe sie am Arm. Er wies still auf Urgedenken, den sie mit sich geschleppt hatten und der zu ihren Füßen lag, die braunen Lider noch genauso vertrocknet und verklebt wie zuvor.

»Erinnerst du dich nicht…«

»Doch! Daß er mit dem klarsten Wasser, das es gibt, belebt werde«, flüsterte Gollie. »Das war es doch, was Skreken gesagt hat.«

Sie beschlossen, Urgedenken in das klare Wasser zu tauchen, und Gollie wollte ihn schon hinschleifen und es auf der Stelle tun. Doch Silpe sagte, sie sollten vorsichtig sein.

»Ich traue ihm nicht«, sagte er. »Er sieht gerissen aus, obwohl er schläft oder tot ist. Er haut vielleicht einfach ab, wenn wir ihn ins Wasser hinunterlassen und er dadurch tatsächlich belebt wird.«

Sie beschlossen, ihn mit dem Band zu binden, das sie vorgefunden hatten und das Silpe sich um die Taille geschlungen hatte. Sie befestigten es an seinem linken Fuß und verknoteten das andere Ende an Silpes Arm. Dann schleiften sie ihn bis zu der großen Schale mit dem klaren Wasser, schoben ihn über den Rand und tauchten ihn langsam unter.

Sie hielten ihn so, daß er unmittelbar unter der Oberfläche lag und nicht hochtreiben konnte. Er war ja so dürr und leicht. Zunächst sah es nicht danach aus, als würde sich irgend etwas Besonderes tun. Doch dann hatten sie den Eindruck, als bewegte er ein Lid. Da fiel Silpes Blick auf den Fischschwanz. Das Wasser hatte die klarsten Silberschuppen freigespült. Aller alte Schmutz rann ab, alles Graue und Braune und Faltige begann zu schwellen und Farbe anzunehmen. Es war so, wie wenn sich im Frühjahr das Espenlaub aus seinen braunen Hüllen entfaltet oder trockenes Sternmoos nach einem Regen zu neuen Kräften kommt und lebendig wird. Die Klauen glänzten und begannen im Wasser zu greifen. Und jetzt schlug er die Augen auf und sah geradewegs zu ihnen hoch.

Das waren keine Greifvogelaugen. Sie waren braun und wirkten nicht böse. Allenfalls ein bißchen gerissen. Die beiden begriffen, daß es am besten war, ihn fest im Griff zu behalten und darauf zu achten, daß das Band um Silpes Arm gut verknotet war.

Er war schwerer geworden, deshalb konnten sie ihn nun nicht mehr hochheben. Darüber brauchten sie sich jedoch keine Sorgen zu machen, denn nun schlug er mit seinem Fischschwanz und vollführte eine gewaltige Wende im Wasser. Dann schwang er sich hoch und saß plötzlich am Rand der Schale mit dem klarsten Wasser, das es gibt. Er sah sie aus seinen braunen alten Augen an. Doch er sagte nichts, und sie selbst wußten nicht, was sie sagen sollten.

Er hatte Flügel. Mit deren Hilfe hatte er sich aus dem Wasser geschwungen. Er richtete seinen klugen braunen Blick auf das Band, das von seinem linken Fuß zu Silpes rechtem Arm verlief.

Solange sie in dem SAAL waren, verlangte es sie nirgendwohin. Dennoch war ihnen klar, daß sie nicht in diesem Licht bleiben konnten, das sowohl mild als auch stark war. Hatte nicht Skymt, ihr Vater, über die blühende Insel gesagt, daß man dort nicht immer leben könne? Und das war immerhin nur eine blühende Insel!

Lange standen sie da, sahen nach oben und um sich herum und dachten an ihre Herzen. Da hinein legten sie nun dieses Licht und das klare Glaseis und das Wasser in der Schale. Solange ihre Herzen schlügen, würde all das in ihnen sein.

Dann ruckten sie leicht an Urgedenkens Band und gingen. Er sagte nichts, folgte ihnen jedoch halb trippelnd und halb fliegend.

Möglicherweise hatten sie angenommen, sie würden mit seiner Hilfe einen anderen und weniger schaurigen Weg aus dem Fjäll finden. Doch sie kamen zu dem schwarzen Wasser zurück, das sie dank des Lichts von dem Durchgang her, aus dem die Steine gestürzt waren, nun sehen konnten. Es sah schlimmer aus, als sie angenommen hatten. Sie betrachteten es jedoch nicht lange voller Grausen, da schlug Urgedenken auch schon mit seinen Bussardflügeln und tauchte unter. Gollie bekam gerade noch Silpes Arm zu fassen, bevor sie beide ins

Wasser hinabgezogen wurden. Urgedenken besaß, wie zu erwarten gewesen war, Urkräfte.

Sie kamen nicht ohne Beschwernis und Mühen nach oben. Er schien den Weg sehr gut zu kennen, doch sie schlugen sich die Köpfe an der Wasseroberfläche. Eis! Das Band war straff, und sie schwammen mit der Luft, die sie in den Lungen hatten, herum. Bald würde sie verbraucht sein. Silpe war schon schwindlig, und Gollie empfand im ganzen Körper eine Schwere.

Da ruckte es in dem Band. Er, der kräftiger war als sie, der Urkräfte besaß, zog sie langsam zu einer bestimmten Stelle an der Wasseroberfläche. Dort befanden sie sich plötzlich zwischen Eissplittern in lebendigem, bewegtem Wasser. Gollie schnappte derart nach Luft, daß sie am ganzen Leib zitterte. Silpe hatte sich vor ihr über die scharfe Eiskante gehievt und zog sie sachte auf den Schnee.

Ja, es hatte geschneit. Die Zeit war fortgeschritten, und sie war weit fortgeschritten. Schicht auf Schicht waren Altschnee, der getaut und zu Harsch gefroren war, und Neuschnee und Graupelschnee, stöbernder Schnee und wirbelnder Schnee und schwerer Pappschnee gefallen, während sie im Inneren des Fjälls gewesen waren. Ihnen war diese Zeit wie eine Stunde oder möglicherweise wie eine noch kürzere Weile vorgekommen. Währenddessen war jedoch das Laub von den Bäumen gefallen, und Schneehühner und Hasen hatten ihr Kleid gewechselt und waren weiß geworden. Der Vielfraß war auf breiten Pfoten talwärts geschlurrt, und die Rene waren längst fort.

Sie begriffen, daß sie irgendwo Schutz suchen

mußten, ehe die Stürme kamen. Sie fanden die Vielfraßgrube wieder, die Gollie auf der Jagd nach Urgedenken durchstöbert hatte. Sie mußten, freilich leise, darüber lachen, wie kindisch sie gewesen waren und wie sie auf dem Fjäll umhergezogen waren und gegraben und gewühlt und gesucht hatten, ohne das geringste zu begreifen. Wahrhaftig – die Zeit war auch für sie fortgeschritten, allerdings innerlich.

In diesem Winter schliefen sie viel. Hin und wieder hörten sie die Stürme toben, ansonsten aber war es meist still. Sie dorrten ein wenig und wurden kleiner, als sie zuvor gewesen waren. Und als sie erwachten, stand es um ihr Gedächtnis nicht zum besten. Draußen gluckste und tröpfelte es.

Gollie. Mein Gold.

Das war eine Erinnerung, die aufblitzte.

Silpe. Silber mein.

»Lebst du?«

Und Urgedenken. Der Federgeschmückte mit den silbrigen Schuppen. Der Greis mit dem kalten, glänzenden Fischschwanz. Der Scharfklauige mit den alten braunen Augen, die noch so klar waren.

»Kraftschnabel. Sprich mit uns. Wir sind deine Freunde.«

Doch er schwieg.

Die Hasen draußen vor der Grube waren gefleckt, und die Schneehuhngockel lachten über sie. Nicht mehr lange und die Zwergbirkenzweige bekämen kleine, grüne Ohren. Alles horchte auf die Vögel, die zurückkehrten. Eines Morgens hörten sie die Singschwäne, und sie setzten sich auf und schauten zum Himmel empor. Bald kamen sie in einem zusammenhängenden Zeichen mit dem Leitschwan an der Spitze und riefen: »Hooo... hoo...«

Silpe und Gollie trotteten mit dem angebundenen Urgedenken umher.

»Sprich mit uns«, baten sie. »Wir sind deine Freunde.«

Doch Urgedenken schwieg, und der Schneehuhngockel lachte hinter einer schorfigen Birke.

»Ich weiß was«, sagte Silpe eines Tages, als sie im Frühlingsregen ungewöhnlich trübsinnig waren. »Und ich glaube, es ist wahr.«

»Ich weiß auch was«, sagte Gollie. »Aber sag du zuerst.«

»Ich sage nichts«, erwiderte ihr Bruder. »Ich mache es nur. Aber ich glaube, ich habe denselben Gedanken wie du. Wir denken gleich.«

»Ja, allerdings denkst du mehr als ich«, sagte Gollie. »Aber mach mal, dann werden wir ja sehen.«

»Hat man es getan, ist es getan«, erklärte Silpe. »Dann läßt es sich nicht mehr ungeschehen machen. Das ist das schlimme.«

»Dann mache ich es«, sagte Gollie.

Da griff sie nach dem Band um Urgedenkens Fuß mit den kräftigen, scharfen Klauen. Sie pusselte den Knoten auf. Als er gelöst war, sagte sie:

»Flieg, Urgedenken! Wir sind deine Freunde.«

Und jetzt war es wahr. Er flog sofort auf. Die breiten Bussardschwingen mit ihren weißen und schwarzen Federbändern erhoben sich in die

Sonne. Er kreiste ein Weilchen über ihnen, senkte sich und flog mit weiten, ruhigen Flügelschlägen. Bald war er verschwunden.

An diesem Abend saßen sie an einem der Groschen. Das sind zwei klare Seen, die von Gielas Gipfel aus wie Silbermünzen aussehen. Es gab viel zu horchen, Vogelstimmen überall im Alpen-Bärentraubengestrüpp und in den Kronen der krummen Birken. Dazwischen aber vernahm man eine heisere Stimme. Eine alte Stimme. Sie sagte etwas, und die beiden fanden, es höre sich wie eine sehr alte Sprache an.

Die Dämmerung brach herein und wurde immer blauer. Sie saßen still und warteten. Da war die Stimme erneut zu hören, jetzt aber nahe.

»Krekken krekken krekken kraaaaka …«

Dann begann sie zu singen, und das klang in gewisser Weise so, wie wenn Skymt, ihr Vater, seine Lieder sang. Diese Stimme hier war jedoch heiserer, und die Worte waren überhaupt nicht verstehen. Sie klangen eher wie Wolfsgeheul und das Maunzen junger Luchse. Den beiden war jedoch sehr feierlich zumute, denn es bestand kein Zweifel, daß es Urgedenken war, der da sang, und daß er für sie sang. Er saß irgendwo in den vom Sturm verdrehten kleinen Tannen auf der anderen Seite des Sees.

In vorgerückter Nacht, sie war hell und duftete nach frisch ausgeschlagenem Birkenlaub, wurde seine Stimme heller. Er maunzte jetzt wie ein Rauhfußbussard und gorrte wie eine Hohltaube. Am Morgen hatte er sich so weit genähert, daß sie ihn sahen. Da saß er und putzte seine Flügelfedern, und ab und zu warf er ihnen einen gerissenen Blick zu. Dann breitete er plötzlich die Schwingen aus und flog.

Sie waren die ganze Nacht über still gewesen, doch nun rief Silpe:

»Flieg nicht!«

Da hörten sie ihn zuerst wie ein Schneehuhn lachen, dann machte er einen Schwenk, flog über sie hin und wieder fort. Sie konnten jedoch seine Stimme noch hören:

»Wil nit«, sagte sie. »Wil nit … geschieden sin.«

Nein, er wollte nicht von ihnen scheiden. Er kam zurück, bald mit sanftem Flügelschlag bei Nacht, bald grell auf einem Tannenast quiekend bei Tag. Sie sahen ihn das Wasser teilen und mit dem Fischschwanz schlagen. Sie hörten ihn über die Steine trippeln.

Sie lernten seine alte Sprache verstehen. Auch sprach er mehr und mehr wie sie. Es war, als sei er aus einem sehr tiefen Wasser alter Sprache aufgestiegen und spiele an dessen Oberfläche nun mit ihren eigenen Worten.

»Golbein«, sagte er eines Tages.

Sie verstanden sofort, daß er Gulben meinte. So nahe waren sie einander gekommen. Dann erzählte er ihnen die Gulbensage, von der Kanne, die man leeren mußte, wenn man zum ersten Mal irgendwohin kam und der jüngste Wanderer war. Er erzählte ihnen auch von Vargsiggen und von vielen anderen schaurigen Gestalten mit Menschenblut um den Mund. Je schauriger die Geschichten waren, um so mehr lachte er hinterher. Er sang auch. Stets sagte er dann zuerst:

»Das eine Mal rufen die Kuckucke, das ander Mal singen die Vögel ...«

Und so sang er. Er konnte schön von Mädchen singen, die Seide in den Zöpfen hatten und mit sanftem Schritt sein Herz betraten. Wenn es denn das seine war. Das wußte man nie so recht. Er sang auch von verschwundenen Kindern und der entsetzlichen Trauer der Mütter.

Sie waren ganz begierig darauf, ihn nach ihrem Bruder zu fragen, diesem Bruder, den die Hulden geholt hatten. Doch er lachte nur über sie und sagte etwas, worüber sie viel nachdachten. Sie begriffen, daß es bedeutete: Wenn ihr nun selber Hulden seid?

Nein, er ließ sich nicht dazu bewegen, zu erzählen, weshalb Kinder ihren Eltern weggenommen wurden, und auch nicht, weshalb es Kriege gab.

»Er nutzt einem zu gar nichts«, sagte Gollie eines Tages, als er weit fort war.

»Nein, vielleicht nicht«, erwiderte Silpe. »Aber trotzdem ist alles, was er sagt und singt, bedenkenswert, und oftmals ist es schön.«

»Wenn es nicht schaurig ist«, bemerkte Gollie.

Es war wohl Silpe, der ihm am nächsten stand. Ihm gefiel es, dazusitzen und in dies kleine, braune Greisengesicht mit den klugen, alten Augen zu sehen, die so voller Gerissenheit und List waren.

Jetzt im Sommer, da es im Fjäll lebhaft zuging, trafen sie auch auf andere Wesen. Skreken saß unten an der Spalte und warnte alle, die sich ihr näherten. Weiter oben an Gielas Hängen sang Glimt, seine Frau, ihre Lieder.

»Sie hört sich wie Mutter an«, sagte Silpe. »Besonders dieses Luululuuu, kleine Daune. Das kennen wir doch.«

Er versuchte, forsch zu klingen, wurde jedoch traurig, als er an Sjorhpa, seine Mutter, dachte, die nicht wußte, wo Gollie und er waren und ob sie überhaupt irgendwo waren.

Sie waren oft mit einem Wesen zusammen, das seinen Namen nicht nennen wollte. Er habe keinen, sagte er. Das hörte sich wunderlich an. Sie wußten nicht einmal, ob sie ihn für männlich oder weiblich halten sollten. Sie entschieden sich jedoch, ihn mit »er« zu bezeichnen. Wenn sie mit ihm sprachen, brauchten sie sich davon ja nichts anmerken zu lassen. Er war leichter als sie und bewegte sich sehr schnell. Er konnte mit seinem Begrüßungsruf, der dem »Piiiviii« eines Pomeranzenvogels glich, an beliebiger Stelle auftauchen. Wenn sie mit Urgedenken zusammen waren, sorgten sie sich stets, daß dieses leichte Wesen sie dabei ertappen könnte. Außer ihnen selbst sollte nämlich niemand dahinterkommen, daß es Urgedenken gab und er ihr Begleiter war. Sie erzählten Skreken zwar, daß sie im Inneren des Fjälls gewesen seien, erwähnten aber nichts von dem SAAL und nichts von dem LICHT. Sie müßten zuerst über die ganze Sache nachdenken, sagte Silpe.

Gollie stimmte ihm anfangs zu. Doch irgendwann vergaß sie allmählich, immerzu an Licht und Säle zu denken. Manchmal hatte sie Lust, fortzugehen. Wohin, wußte sie nicht so recht. Silpe dagegen sagte, er müsse denken. Außerdem habe

Urgedenken noch vieles zu erzählen, und er wolle dessen Lieder und Geschichten hören.

Eines Abends saßen sie am Ufer eines der Groschen und unterhielten sich ruhig mit Urgedenken. Da geschah das, was sie nicht wollten, daß es geschehe. Es tauchte jemand auf. Er sagte: »Piiiviii«, folglich war es fraglos dieser Leichte, er, der keinen Namen hatte.

»Flieg!« rief Gollie Urgedenken zu.

»Ja, versteck dich, lieber Freund!« bat Silpe.

Doch es war bereits zu spät. Das Wesen saß jetzt direkt neben Urgedenken, und sie sahen einander an. Urgedenken fragte, warum er sich vor ihm verstecken solle.

»Wir wollen nicht, daß jemand von dir weiß«, erklärte Gollie. »Das kann gefährlich für dich sein.«

Nun hörte sich Urgedenkens heisere Stimme richtig spöttisch an. Er schien zu sagen, daß sie vor einem so leichten, kleinen Wesen keine Angst zu haben brauchten. Dann sagte er etwas, was so klang wie:

»Bruoder din.«

Er zeigte auf Gollie und dann auf Silpe und wiederholte: »Bruoder din«.

Und sie glaubten zu verstehen, daß er meinte, sie sollten vor ihrem eigenen Bruder keine Geheimnisse haben.

Ja, so ging das vor sich. So, wie wenn man über einen schönen Stein stolpert oder in einem alten Wald, den man gar zu gut kennt, einen völlig unbekannten Vogelruf hört. Gollie streckte die Hände nach dem Leichten aus. Silpe versank in

Gedanken. Er dachte an die Worte seines Vaters: Wer da sucht, der findet nicht. Doch wer da nicht sucht, der wird volle Fäuste haben.

Jetzt waren sie natürlich begierig darauf, wieder in den Verschonten Wald hinunterzuwandern und ihre Eltern ausfindig zu machen.

»Stell dir vor«, sagte Gollie, »wenn wir mit unserem Bruder nach Hause kommen!«

»Dann können sie ihrem ersten Kind endlich einen Namen geben«, sagte Silpe. »Das wird eine Freude!«

Sie dachten dabei auch an all das Lob, das ihnen zuteil würde, und an die Liebe, die sie zu erwarten hätten, wenn sie mit dem Verschwundenen nach Hause kämen. Urgedenken, der Gedanken ebensoleicht lesen konnte wie geritzte Zeichen, sagte, Liebe bekämen sie ohnehin. Die könne man sich nicht erfechten.

»Und ihr braucht nicht in den Verschonten Wald hinunterzuziehen«, sagte der Leichte. »Eure Eltern sind schon längst von dort geflohen.«

»Was weißt du darüber?«

»Sie wohnen jetzt am Lekattsvattnet«, sagte er. »Ich bin oft bei ihnen.«

So war das. Urgedenken krächzte ein bißchen. Es sollte ein Lachen sein.

»Wir glauben dir nicht«, sagte Silpe zu diesem Wesen, das ihr Bruder sein sollte. »Du bist ein schönes und leichtes, feines Wesen. Doch wir glauben dir nicht. Du hast ja nicht einmal einen Namen. Unsere Eltern hätten dir einen gegeben, wenn sie auf dich gestoßen wären. Das war ihr größter Wunsch.«

»Das wollen sie auch«, erwiderte das Wesen. »Und wie gern! Sie können aber immer noch nicht entscheiden, was der schönste Name der Welt ist.«

Da begriffen sie, daß er die Wahrheit sprach.

Es war lichtester Vorsommer. Das ganze Moor war voller Moltebeerenblüten. Da waren Birkhühner, die nicht aufhören konnten zu balzen. Da blühten die Rosmarinheide und der Bitterklee, und da waren Bergveilchen und Katzenpfötchen und Wiesen-Kreuzblumen. Schmetterlinge und Libellen waren da. Die Preiselbeeren wurden dunkelrot, brandrot die Ebereschenblätter und feuerrot die Vogelbeeren. Es wurde dunkel. Es wurde Herbst, und es wurde wieder Winter, obwohl niemand das je geglaubt hatte.

Der Schnee fiel dicht. Tag um Tag fiel er. Eines späten Frühlingsabends kam vom Süden her eine Wölfin und lief über den großen Bergsee, der da Svartvattnet heißt. Sie lief nachts – aus Vorsicht –, und tagsüber stand sie tief im Tann versteckt. Was sie erlebt hatte, ist schwerlich zu wissen. Sie aber wußte, daß es Gefahren gab.

Sie schlich über die großen Kahlschläge und überquerte den See Kroken an der schmalsten Stelle. Jetzt war sie oben im Bergwald.

Sie war groß und schwer und hechelte manchmal. Ihr Bauch hing allmählich durch. Daß sie werfen würde, wußte sie, wenn sie auch keine Worte dafür besaß. Sie wußte es in der Weise, daß sie ein Lager auftreiben mußte.

Im tiefsten Bergwald fand sie zwischen großen

Steinblöcken einen Eingang. Er war halb eingestürzt, und sie grub ihn mit ihren großen, grobklauigen Pranken auf. Dahinter fand sie ein geräumiges Lager vor. Sie stöberte darin herum, scharrte mit den Hinterläufen in welkem Laub und altem, vertrocknetem Moos. Sie bereitete sich ein Bett. Hier würde sie werfen, wenn ihre Zeit kam.

Wenn ein Wolf in einen Wald kommt, ist das ein derart großes Ereignis, daß man nicht verlangen kann, die Welt solle am Tag danach noch die alte sein. Das war sie auch nicht. Wie sie danach jedoch aussah, das weiß ich nicht.

Ich weiß nur, daß in dem Sommer, bevor die Wölfin kam, Silpe und Gollie es schafften, ihrem Bruder einen Namen zu geben. Es war vielleicht nicht der schönste der Welt. Es war ganz einfach Hasenpfötchen. Letztlich war ihnen klar geworden, daß er nie zu einem Namen käme, wenn sie ihm keinen gaben. Und den gaben sie ihm, bevor sie zusammen zum Lekattsvattnet hinuntergingen.

Er war sehr zufrieden mit Hasenpfötchen. Er hatte ebenso weiche und leichte Füße wie die weißrosa, flaumige Blume, die auch Katzenpfötchen heißt. Als er sich an Sjorhpa, seine Mutter, anschlich und sie umfaßte, sahen sie, wie gut der Name paßte. Sjorhpa hatte nichts gemerkt und freute sich sehr.

Skymt und Sjorhpa weinten beide, als sie Gollie und Silpe in die Arme schließen konnten. Wenn ihre Kinder auch nun zu groß waren, als daß ihre Arme um sie herumreichten. Mag sein, daß sie eine Zeitlang glaubten, alle drei würden bei ihnen bleiben. Doch war ihnen durchaus klar, daß ein so leichtes und freies Wesen wie Hasenpfötchen nicht lange an ein und demselben Fleck verweilen konnte. Er hatte es einst vorgezogen, aus seinem Grasnest zu krabbeln, und er hatte vieles erlebt, und manch Schlimmes, dem er gleichwohl entflohen war. Trotz seiner leichten und lichten Art, wußte er viel von der Welt.

Silpe und Gollie hatten ebenfalls einiges zu erzählen. Als jedoch die ersten Singschwäne über Giela flogen und riefen, da sagte Gollie, sie hätten nun alles gesagt. Das ist nicht wahr, dachte Silpe, denn von dem Licht hatten sie nichts erzählt. Doch Gollie wollte jetzt unter allen Umständen fort. Sie wollte zum Bewahrten Wald hinuntergehen.

»Dort lauert Gefahr!« rief Sjorhpa. »Dort gibt es Krieg und Verfolgung.«

Gollie wollte aber trotzdem dorthin. Warum, verriet sie nicht. Sie sagte lediglich, sie werde vorsichtig sein.

Silpe, der sie besser kannte als irgend jemand sonst, ahnte, daß sie mit dem Ausgang ihres Abenteuers unzufrieden war. Sie wußte noch immer nicht, warum es Krieg und Verfolgung gab. Sie war sich so sicher gewesen, die Antwort im Inneren des Fjälls zu finden. Möglicherweise glaubte sie jetzt, sie sei dort unten bei denen zu finden, die vom Wolfsvolk und vom Bärenvolk noch übrig waren, nachdem man all jene mit Schwänzen und anderen verbotenen Körperteilen ausgerottet oder vertrieben hatte.

Er selbst war sich nicht sicher, wo die Antworten

zu finden seien und ob sich mit dem Wolfsvolk und dem Bärenvolk überhaupt reden lasse. Skymt hatte es seinerzeit ja getan. Und obwohl dessen Worte bedenkenswert und manchmal schön gewesen waren, hatten sie nichts genutzt. Im Gegenteil, muß man schon sagen. Aber dergleichen ließ man seinem eigenen Vater gegenüber natürlich nicht anklingen.

Gollie hatte es nicht so sehr mit Worten. Sie wollte die Dinge lieber anpacken und erledigen. Ehe sie sich auf den Weg machte, ritzte Silpe ihr Urgedenkens Zeichen in den linken Arm. Es blutete ein wenig, doch sie klagte nicht. Er wollte sichergehen, daß sie es nie vergessen würde.

Wenn mir etwas Schlimmes zustößt, dachte er, und wenn Urgedenken wieder schrumpft und dürr und faltig wird, dann ist Gollie diejenige, die ihn beleben und mich finden wird.

Und so nahmen sie Abschied. Er selbst wollte zusammen mit Urgedenken weiter hinauf in die Fjälls ziehen. Er war noch nie auf Geitkjölen oder einem der anderen dieser blauen Fjälls gewesen. Urgedenken behauptete, Geitkjölen habe noch einen anderen Namen, einen alten. Der sei der richtige. Gaula. So heiße das Fjäll dort in der Ferne.

Hasenpfötchen wollte in seinem eigenen Fjäll bleiben. So nannte er Giela. Er wollte freilich ab und zu seinen Vater und seine Mutter besuchen. Sie lächelten alle ein wenig über Sjorhpa, die angesichts des Abschieds wieder angefangen hatte, im Morgengrauen hinauszugehen, ihre kleinen Herden zu versammeln und sie jodlig zu locken. Niemand ließ sich anmerken, daß sie wußten, was sie trieb.

Sie sagten am Abend Lebewohl, übernachteten in dem hohen Milchlattichwald oberhalb des Waldsees und traten im Morgengrauen ihre Wanderung an. Da konnten sie Sjorhpas Nebelbäuschchen sehen und sie mit ihrem Singen versammeln hören. Sie gingen noch ein Stück zusammen und setzten sich unmittelbar oberhalb der Spalte nieder, um zu rasten und Abschied zu nehmen. Silpe war ängstlich, denn er hatte Urgedenken seit dem Vorabend weder gesehen noch gehört.

Jetzt lag der See Lekattsvattnet unter ihnen, und sie vernahmen einen Gesang.

Ooooh, du mein tiefes Wasser
der Bussard am Himmel
steigt über dir.
So hoch steigt er
wie du tief bist.

Hermelinauge, sanfter Fleck.
Ooooh, du mein tiefes Wasser …

Ooooh, mein tiefes Wasser
schwarz wie mein Auge
sanft wie mein weißer Halsfleck …

Sie waren sich nicht sicher, wer da sang. Der Gesang konnte vom Waldsee unten kommen, dann war es Skymts Stimme, die sie hörten. Er konnte aber auch von oben kommen. Es konnte Skreken sein, der sang. Sie hatten längst entdeckt, daß

Skymt und Skreken dieselben Lieder sangen. Sie fragten sich, wie lange es wohl dauern werde, bis die beiden Sänger aufeinanderträfen und was sie dann aushecken würden.

Skymts Kinder wußten ja, daß ihr Vater einst aus dem Fjäll gekommen war. Er habe keine Erinnerung an irgendwelche Eltern, hatte er gesagt. Sie fragten sich, ob er seine Lieder letzten Endes nicht wiedererkennen würde, wenn Skrekens Stimme sie sang. Vielleicht käme Glimt dann von ihrem Fjällmoor herunter, und ihre Nebelbäuschchen würden sich in der Sonne auflösen.

Was weiß man?

Sie sagten einander Lebewohl. Silpe verlor Hasenpfötchen sogleich aus dem Blick. Er war so schnell. Gollie dagegen sah er noch lange, während sie talwärts wanderte. Nachdem sie zwischen den Fjällbirken verschwunden war, ging auch er los, allerdings bergwärts in Richtung Geitkjölen, das er bei sich jetzt Gaula nannte und über das er nun ein Lied machte.

Um ihn herum war es absolut still. Ihm war recht ängstlich zumute. Am Abend lagerte er an einer Wasserlache, die braun war wie ein Bärenauge. Die Luft war kalt, und es wurde schnell dunkel. Er war noch nie in seinem Leben allein gewesen. Es war schauerlich.

Drei Nächte lang ging das so. Er bereute, daß er sich auf eigene Faust aufgemacht hatte. Doch war ihm klar, daß sich daran jetzt nichts mehr ändern ließ. Nach der dritten Nacht war im Riedgras Frost. Alle Birkenzweige waren mit dünnen Eisrinden überzogen. Als die Sonne aufging, funkelten sie zuerst, dann verdampften sie allmählich.

Da hörte er ein Rascheln. Er hörte Flügel und Klauen. Sein Herz begann heftig zu schlagen. Er schrie vor Angst auf.

Da antwortete eine alte Stimme aus dem Inneren des Weidendickichts:

»Wil nit geschieden sin! Wil nit von dir geschieden sin!«

PIPER

Karin Fossum

Dunkler Schlaf

Roman. Aus dem Norwegischen von Gabriele Haefs.
263 Seiten. Geb.

Sie hat den Wunsch, ihn zu zerstören, kommen sehen. Noch immer erinnert sie sich genau an das Gefühl, den süßen Druck, als flösse Öl durch ihren Körper. Sie weiß, daß es böse war, aber nun kann sie nichts mehr ändern. – Irma Funder lebt in ihrer eigenen Welt, seit langem. Jetzt aber hat sie gegen die Regeln verstoßen und wird früher oder später dafür büssen müssen. Doch für den Augenblick ist sie sicher, niemand ahnt von ihrem Verbrechen. Auch Kommissar Konrad Sejer nicht, denn den einzigen, verwirrenden Hinweis in diesem Fall haben er und sein Assistent Skarre übersehen. Jetzt tappen die beiden im dunkeln, verzweifelt bemüht, das Schweigen des einzigen Zeugen zu brechen ...
In Karin Fossums ebenso packendem wie beklemmendem Fall bringt erst ein Hinweis aus der eigenen Familie Konrad Sejer auf die richtige Spur. Doch tragische Umstände, Einsamkeit und allgegenwärtige Schuld machen es beinahe unmöglich, zwischen Mörder und Opfer zu unterscheiden.

PIPER ORIGINAL

Kerstin Ekman

Mittsommerdunkel

Roman. Aus dem Schwedischen von Hedwig M. Binder.
243 Seiten. Klappenbroschur

Die dunklen Wintermonate können in dem abgelegenen nordschwedischen Dorf sehr lang sein. In ihrem vor Kälte ächzenden Haus versucht Helga Wedin nicht zu verzweifeln und ist froh, daß ihr Geliebter Edvard Arbeit in der fernen Fabrik gefunden hat. Als Helga den kleinen Dorfladen ihres Onkels erbt, entdecken sie im Lagerraum etwas, das wie die Lösung ihrer Probleme aussieht: Zucker und Hefe liegen dort und das in überraschend großen Mengen. Gemeinsam mit Helgas Stieftochter Åsa entwerfen sie einen Plan – in Zeiten strengen Alkoholverbots wollen sie die Schnapsbrennerei in dem kleinen Ort wiederaufnehmen. Unermüdlich machen sie sich daran, ihr geheimes Vorhaben in die Tat umzusetzen. Eine große Feier zur Mittsommernacht soll schließlich die Belohnung für all ihre Strapazen werden. Doch Neid und Eifersucht gewinnen in dem unglücklichen Trio die Oberhand ...

PIPER ORIGINAL

Kerstin Ekman
Die Totenglocke

Roman. Aus dem Schwedischen von Hedwig M. Binder.
249 Seiten. Klappenbroschur.

Blutrot stehen die Espen und Ahornbäume gegen den kaltblauen Herbsthimmel. Morgen würde die Jagd beginnen. Und das große Abendessen bei Mard gehört ebenso dazu wie die alten Geschichten und der Whiskey-Soda. In diesem Jahr allerdings müssen sie noch den verspäteten Klas Bodin vom Zug abholen. Die angeheiterte Jagdgesellschaft nimmt in ihrem kleinen Bus die Route durch den Wald – und überfährt auf der schmalen Fahrspur versehentlich eine junge Frau auf ihrem Fahrrad. Die Männer versuchen das Geschehen zu vertuschen, aber leider gibt es einen Mitwisser: Klas Bodin, der ihnen entgegen gegangen ist und alles mitangesehen hat. Doch auf der Jagd bietet sich mehr als nur eine Gelegenheit, sich seiner zu entledigen...
Kerstin Ekman läßt ihr klassisches Kriminalstück in der nebelverhangenen, moorigen schwedischen Landschaft spielen. Mit ihrer knappen, lakonischen Sprache und einem scharfen Blick fürs Detail entwickelt sie höchste Spannung und große Suggestivkraft.

KABEL

Elsie Johansson

Licht im Winter

Roman. Aus dem Schwedischen von Katrin Frey.
280 Seiten. Klappenbroschur

Jedesmal wenn Dora aus Stockholm zu Besuch kommt, ins kleine rotgetünchte Haus ihrer Kindheit, umgeben von sanften Hügeln voller Wacholder, ist es ein besonderer Tag. Dann bringt sie nämlich lauter Geschenke mit: Zucker und Bonbons oder Kaffee in gemusterten Blechdosen. Auch Nancy, die jüngste Tochter der Familie, bewundert und beneidet ihre Schwester – schließlich hat sie es geschafft, das Leben voller Entbehrungen hinter sich zu lassen und in die Großstadt zu ziehen. Und doch spürt die stille Nancy, daß Dora ihnen allen etwas verheimlicht: Was bedeutet zum Beispiel der geheimnisvolle braune Koffer, den sie eines Tages mitschleppt? Und warum weint sie manchmal so unvermittelt? Und dann, an einem lauen Herbsttag, als Nancy gerade von der Schule nach Hause kommt, passiert es: ein Anruf aus Stockholm. Dora ist krank, sehr krank. Schließlich kommt die tragische Wahrheit ans Licht ...